LES

MISÉRABLES

DE

M. V. HUGO

PARIS, LIB. — MIRECOURT, TYP. ET STÉR. HUMBERT.

LES

MISÉRABLES

DE

M. V. HUGO

PAR

JULES BARBEY D'AUREVILLY

La farce est jouée. Applaudissez.
*(Mot d'*Auguste *mourant.)*

PARIS
CHEZ TOUS LES LIBRAIRES
—
1862

A Monsieur Grandguillot

RÉDACTEUR EN CHEF DU **Pays.**

C'est à vous que je dois dédier ces quelques pages de libre critique, qui ont paru dans le journal que vous dirigez. Quoi qu'elles fussent, vous les avez acceptées intégralement, sans les petites chicanes et les petits despotismes d'une Rédaction politique, embarrassée devant tout, même devant une question littéraire. Avec la décision de l'intelligence, vous avez échappé à la destinée commune aux Rédactions en chef, lesquelles ne sont guère que des dictatures exercées par le plus comique des Embarras (1), *et vous m'avez fait goûter à ce fruit délicieux dont j'avais bien entendu parler, mais que je ne connaissais pas — l'indépendance.*

(1) EMBARRAS. Ne pas se méprendre. On l'écrit avec une grande lettre. C'est le nom d'un monsieur. Pour mon compte, j'en ai connu sept de ce nom-là.

J. B. D'A.

Je veux vous en remercier ici-même. C'est d'un bon exemple, et ce sera, j'espère, d'un utile enseignement, qu'on n'ignore pas, dans le journalisme contemporain, qu'un jour il a pu se rencontrer un Rédacteur en chef de journal, qui n'a pas eu peur, selon l'usage, de cette tête de Méduse qu'on nomme la Netteté, et qui s'est permis — sans que tout fût perdu — de respecter, dans son propre journal, la conscience d'un homme et sa pensée.

Aussi permettez-moi de me vanter, pour la peine, d'être votre collaborateur et de signer

Votre ami,

JULES BARBEY D'AUREVILLY.

PRÉFACE

S'il y a une histoire qui aille vite, c'est l'histoire littéraire. Quoi d'étonnant? Quel événement pourrait avoir la rapidité de la pensée ? Nous sommes déjà bien loin, quoique nous y touchions encore, du moment où les pages que voici allumaient l'opinion comme des langues de feu, tombant dans un baril de poudre. Elles paraissaient alors à l'Opinion, ardentes, cruelles, imprudentes surtout, — et, en ce qu'elles pouvaient avoir de vrai, exagérées par l'esprit de parti ou par la haine. Eh bien, aujourd'hui on les publie, telles qu'elles ont paru, sans en retrancher un seul mot, et soyez-en sûr, chacun dira en relisant ces critiques des *Misérables*, fameuses quelques jours, et qui ont valu à leur auteur toutes les couronnes de l'injure et même la couronne murale « *ce n'était donc que cela !* »

Reprises et relues à la clarté de l'événement accompli, comme elles vont être pâles ces critiques, qui ont fait l'effet d'être écarlates ! Je m'en vais donc paraître doux ! La lumière du flambeau se perd dans la clarté du jour et la clarté du jour est maintenant faite sur les *Misérables* de M. Victor Hugo. L'Indifférence qui est le plus beau des Mépris, parce qu'elle en est le plus désarmé, s'est étendue sur cette grande œuvre, qu'elle regarde de ses yeux distraits et que bientôt elle ne regardera même plus. Après le bruit, tombe de partout le silence sur ce livre qui va s'engloutir dans la nécropole des *Œuvres complètes*. Demain Valjean sera plus profondément ignoré que Han d'Islande et Bug-Jargal... *Consummatum est* ! Des tirailleurs attardés (1) font le coup de feu quand tout est fini, sur

(1) M. E. de Mirecourt, M. de Lamartine, M. Proudhon.

le champ de bataille qui n'est plus qu'un cimetière tranquille. Ils ne réveilleront pas une guerre morte. Seuls, plus obstinés que les grands intérêts d'esprit qui se déprennent et se détournent si aisément des choses indignes, les petits intérêts d'écus ne veulent pas avoir de démenti sur la supériorité de l'œuvre dernière de M. Hugo et ils l'offrent, au rabais à des prix qui raccrochent le passant; mais nous, le brutal d'hier, avons-nous dit jamais à M. Hugo une brutalité pareille à celle que les faits lui jettent à la face, aujourd'hui ?.. — à sa face commerciale, car il en a deux, comme Janus.

Écoutez ! Les *Misérables* sont donnés déjà en prime par des journaux de province ! et les éditeurs de paravent, que nous avions pris pour des éditeurs réels, disent à la foule, en lavant leurs mains innocentes, « ce n'est pas nous qui les avons vendus, et les deux cent mille francs, enthousiasme des bourgeois, doivent s'orthographier au lieu de se chiffrer. C'était un conte !

Maintenant, convoquez les *frères et amis* si vous voulez et mangez *contre cela* solennellement à Bruxelles! — c'est votre festin de Balthazar.

Certes, voilà qui dépasse toutes nos prophéties ! Nous, nous n'avions prédit qu'une chûte honnête qui aurait pris son temps. Nous n'avions pas compté sur cette étrange souplesse de l'esprit français, qui a l'insolence des pirouettes, et qui sait se retourner d'une révérence à moitié faite, pour vous montrer tout à coup... le contraire de ce qui est respectueux !

Aussi très-distancé par l'opinion, si nous offrons aujourd'hui au public ces pages qu'il a lues, et qu'il va peut-être trouver trop modérées, après les avoir trouvées trop vives, ce n'est pas pour revenir sur une discussion terminée, mais pour prendre simplement la date d'un changement de choses qui finit tout, plus vite que nous n'avions pensé. Enfin c'est aussi et c'est même surtout pour montrer, par ce temps de suffrage universel, le cas qu'il faut faire d'un succès de masses, dans lequel n'est pour rien la Littérature. Quoique nous ayions dit le *premier* et que nous maintenions *toujours* que cette publication des *Misérables* est, moralement et socialement une action mauvaise, nous n'avons *voulu* l'examiner ici que comme une œuvre littéraire. C'est littérairement que nous l'avons absolument condamnée. Pas de confusion à cet endroit et pas de subterfuge ! L'action est mauvaise, mais le livre est pire. En vain, par une précaution assez basse, l'a-t-on mis sous la protection des passions de la Démocratie. Cela n'a pas servi à grand'chose comme vous voyez ! La Démocratie à qui M. Victor Hugo s'est fié, n'entend rien à la littérature et au fond, elle l'exècre. La Démocratie ! Je ne dirai pas qu'elle est aussi ingrate que les gouvernements. Ce ne serait pas assez. Elle est aussi ingrate qu'un poète... Mais elle est bien plus bête que les gouvernements !

J. B. D'A.

26 septembre, 1862.

LES

MISÉRABLES

DE

M. V. HUGO

Fantine.

I.

Enfin les voici, ces fameux *Misérables*, — fameux même avant d'être nés! Les voici qui, depuis douze jours, remplissent le monde et le font retentir comme livre peut-être n'avait jamais fait... Je ne m'en étonne pas. Si on se livrait tranquillement à l'analyse de l'immense brouhaha élevé sur ce livre, on verrait qu'il n'y a au fond de cet énorme bruit qu'une chose très-naturelle, très-concevable, très-peu surprenante et qui ne prouve ni *pour* ni *contre* l'œuvre en soi de M. Hugo. En effet, la position présente de M. Hugo explique tout.

Songez donc! M. Victor Hugo! et M. Victor Hugo travaillant depuis dix ans, non! depuis vingt ans, non! mais depuis trente ans, à un ouvrage en dix volumes qui doit être, comme il le dirait, lui, l'*escalier des géants* de sa gloire ; à un livre dont la prétention, sonnée dans des trompettes de longueur, n'est rien moins que d'être l'Epopée en prose du dix-neuvième siècle! Songez! M. Victor Hugo! le chef de la révolution littéraire de 1830, qui se soumit et se rendit, il est vrai à l'Académie française, mais qui, devenu soldat politique, par amour de la littérature, ne se rendra plus à personne et mourra comme la garde impériale à Waterloo! M. Victor Hugo, l'Olympio d'autrefois, demandant, mais peu olympiquement, au Socialisme l'honneur d'être son romancier et son poète, absolument comme M. Proudhon est le publiciste de ce seigneur! Modestie bien innattendue, dont on se souviendra toujours! Ajoutez à tout cela ce gros appeau du titre de son livre, — les *Misérables!* — qui les amène tous d'un seul coup à l'auteur, ne fût-ce que par curiosité, car ils savent qu'on va s'occuper d'eux! puis étonnez-vous du tapage, du tapage fatal, inévitable, que fait ce livre des *Misérables* et qu'il ferait encore quand il serait raté, car, raté, on voudrait s'attester qu'il l'est, et il n'en serait pas moins une magnifique affaire... en librairie. On a parlé de deux cent mille francs, mais la Librairie se jouera donc éternellement des pauvres Lettres! Moi, je dis que pour le libraire l'affaire serait superbe encore... à un demimillion! (1)

Seulement, la question des gros sous vidée, — des gros sous qui augmentent le bruit de la popularité dans cet économiste dix-neuvième siècle, lequel sait parler

(1) J'étais trop bon. (Voyez ma préface.)

très-agréablement ce noble langage que l'argent est la mesure et le signe de toutes les valeurs, vient la question de la gloire vraie, de ce qui restera à M. Hugo après le placement des deux cent mille francs, la question enfin du mérite littéraire, — éternel et de la moralité supérieure à tout — qu'après la question des gros sous fascinants pose ce livre , nécessairement retentissant, quand il serait une platitude, et que la Critique, pour peu que tout le bruit qu'on fait ne l'ait rendue ni folle, ni basse, ni bête, doit juger.

II.

Eh bien! hâtons-nous de le dire d'abord : le livre n'est point raté, et ce n'est pas une platitude, comme on pouvait le croire et comme nous l'avons cru nous-même, après avoir lu les intelligentes citations des journaux! Excepté une seule, faite par M. Jules Janin dans les *Débats*, toutes ces citations ont été prises dans les parties les plus inférieures du livre de M. Hugo. Ce n'est qu'à la lecture intégrale de ce livre que l'auteur a pu se relever dans l'estime des esprits littéraires de la position presque ridicule où l'avaient mis ses obligeants citateurs.

Certes ! il eût mieux valu sans doute que les journaux ne se fussent pas trompés, que les passages des *Misérables*, étalés avec le faste de l'admiration badaude, eussent été choisis avec le tact de l'admiration spirituelle , et que , de fait , ils eussent été les meilleurs du livre, car alors le tout aurait été assez mauvais pour diminuer le danger d'un ouvrage qui — tel que le voilà, — est certainement le livre le plus dangereux de ce temps ! L'orgueil s'arrange souvent de ce qui devrait l'humilier. Il n'est pas fier, quoiqu'il s'appelle l'orgueil, et peut-être même que, plus il est grand, moins il est difficile. Je ne sais pas si M. Victor Hugo tient à l'honneur d'être dangereux, mais je sais qu'il l'est à un point qui épouvanterait un honnête homme, pour peu qu'il eût ce qui manque parfois à la force, — le regard d'assez de portée pour voir jusqu'où atteint la main. Si, enivré lui-même par ses idées, par les fumées de ce grand talent capiteux que ceux qu'il grise prennent, quand ils sont gris, pour du génie, M. Victor Hugo n'a pas vu quel coup il déchargeait sur la tête humaine en combinant ce grand sophisme en action, intitulé les *Misérables*, il faut le traiter comme un aveugle d'autant plus redoutable qu'il a la force du poignet, — mais, s'il l'a vu, il ne mérite pas d'être pardonné !

C'est un sophisme en effet, un long sophisme que les *Misérables*, — et un sophisme, d'autant plus spécieux qu'il s'adresse à la générosité du cœur. L'idée du livre (rayonnante du moins dans ces deux premiers volumes, qui ne peuvent être jugés que comme le portique d'un monument qu'on va nous découvrir peu à peu), l'idée du livre n'est pas nouvelle. C'est cette idée qui roule, hélas ! depuis longtemps dans la tête humaine affaiblie, qu'elle trouble un peu plus ! à savoir : que toute législation pénale doit disparaître de nos codes civilisés et être remplacée par le sentiment de l'humanité, qui suffit à la besogne du monde à conduire et du mal de l'homme à réprimer. Ça n'est pas neuf, comme vous voyez... pas même pour M. Hugo, qui nous retourne aujourd'hui la casaque de son *Claude Gueux* et qui nous l'allonge! Mais cette vieille et niaise idée, innocente dans tant de livres imbéciles, a perdu de sa niaiserie et de sa sénilité par l'audacieuse façon dont M. Hugo la pose et l'exploite. Je l'avoue, il a mis à cette exploitation une vigueur de main et de résolution qui ne recule devant rien, pas même devant l'amoindrissement de lui-même, car dans l'intérêt de son idée, il dégrade, à toute page, un talent qui avait autrefois de la fierté, et il épouse, de sangfroid, la Vulgarité, cette vileté littéraire, qui est le pardon, demandé à genoux, d'avoir du génie, quand on en a...

Le dessein du livre de M. Hugo, c'est de faire sauter toutes les institutions sociales, les unes après les autres, avec une chose plus forte que la poudre à canon, qui fait sauter les montagnes, — avec des larmes et de la pitié. Il s'est dit, avec assez de raison, que dans l'humanité, ce qui fait la foule, le nombre, et les publics, ce sont les femmes et les jeunes gens; ces femmes momentanées, qui bien souvent restent femmes toute leur vie par impossibilité de mûrir et indigence de cerveau, et c'est sur tous ces cœurs, peu surmontés de tête, qu'il a essayé d'opérer... C'est pour tous ces cœurs, impétueusement ou tendrement sensibles, qu'il a combiné les effets d'un livre, arrangé de manière à donner toujours raison à l'être que la Société punit contre la Société qui le punit. Conception, je l'ai dit, méprisable, mais rendue formidable par l'exécution. Or, en lisant ce mot là, que M. Victor Hugo, de peu comme penseur, ne se croie pas un si grand artiste! Je vais m'expliquer.

III.

Je dis que son livre d'aujourd'hui n'était pas ce qu'on appelle littérairement : une platitude, mais je n'ai point dit qu'il n'y eût pas dans ce livre des platitudes. Il y en a d'atroces, au contraire, que je signalerai. Seulement ces platitudes, je les crois volontaires, filles d'un système qui n'est plus tout à fait l'ancien système de *l'art pour l'art*. Eh bien, c'est précisément le mélange du talent parfois et de la platitude plus souvent qui rend l'exécution du nouveau roman de M. Hugo formidable, non pour les esprits de haute lignée, groupe solitaire et peu nombreux, mais pour la moyenne des esprits médiocres, qui, en fin de compte, sont ici-bas la majorité. Pour ceux-là le mélange du talent et de la platitude est ici dans la proportion qui convient. M. Victor Hugo, de sa cime naturelle, est descendu jusqu'aux esprits de ce pauvre niveau, auquel il demande maintenant sa gloire. Il s'est ravalé, pour être mieux compris et plus vite, aux piètres inventions qui auraient provoqué chez lui, quand il écrivait sa théorie, à poing sur la hanche, de la préface de *Cromwell*, un rire homérique et rabelaisien, inextinguible. Lui, l'auteur d'*Hernani*, de *Lucrèce Borgia*, *d'Angelo* des *Burgraves*, qui forçait et faussait souvent la nature humaine, mais en la prenant par en haut, ne la force et ne la fausse plus que dans le sens contraire, et il écrit... pourriez-vous deviner quoi ?... le *Compère Mathieu* du Socialisme !

Le Socialisme pouvait pourtant inspirer plus grand

que cela ! Je le dis, moi qui ne suis pas un des flatteurs du Socialisme. Mais M. Hugo n'a pas voulu davantage. Son évêque Bienvenu (il a l'inutile précaution de nous en avertir) n'est pas du tout, comme on aurait pu s'y attendre, quelque prêtre catholique déformé, mais fièrement, par le panthéisme contemporain, et sentant craquer son symbole sous la pression des idées modernes. Non pas ! C'est tout uniment un de ces types de prêtre dédoublé, dont on ôte le dogme et à qui on laisse la morale, cette morale évangélico-niaise (je demande pardon à l'Evangile !) qui réussit toujours à faire le bonheur des bourgeois. Figurez-vous, passé à l'état d'évêque, le curé Morin du Gymnase, élevé à la plus haute puissance de cette bonté qui souffre tout, et réalisant l'idéal de la monstrueuse indulgence que la lâcheté de ce temps exige des prêtres et même de Dieu !

Après l'évêque Bienvenu, dans ce roman des *Misérables*, vous avez des étudiants créés par un Paul de Kock amphigourique et sans gaîté ; et de ces quatre étudiants et de leurs maîtresses qui disparaissent après boire (reviendront-ils ou n'ont-ils été inventés que pour nous montrer comment M. Victor Hugo enlève une *bamboche*, et combien, en fait de calembourgs et de calembredaines, il est rivé, malgré la peine qu'il se donne, bien au-dessous du *Tintamarre* et de M. Commerson ?...), de ces quatre étudiants et de leurs maîtresses, il ne nous reste, pour les besoins futurs du roman, qu'une fille-mère qui aime son enfant bien plus (naturellement) qu'une femme vertueuse, comme c'est d'usage, toujours applaudi et arrosé de pleurs dans les théâtres des boulevards. Cette fille-mère, surnommée Fantine, et dont le surnom est le titre de cette première partie de la grande composition de M. Hugo, n'en est pas plus l'héroïne que l'évêque Bienvenu n'en est le héros ; mais, comme l'évêque Bienvenu, elle est un prétexte vivant au développement du caractère de celui-là qui est le vrai héros du livre, et qui en résume et en exprime l'idée, — le forçat Valjean. Tels sont les personnages, réels et effectifs, de cette première partie des *Misérables*. Les autres, à l'exception d'un seul, sur lequel je reviendrai (l'inspecteur de police Javert), car celui-là est, je ne dirai pas *observé*, mais *composé* avec plus de profondeur que je n'en attendais de M. Hugo, les autres ne sont que des comparses. Jugez donc si, dans la création de ce petit nombre de personnages entre qui l'action se concentre, l'ingrédient nécessaire au succès immédiat, l'ingrédient de la platitude, a manqué !

Et il n'a pas manqué davantage à l'action que ces personnages accomplissent. Le roman de M. Hugo commence par la biographie de cet évêque Bienvenu qui, comme prêtre catholique, est faux, et, comme nature humaine, impossible ! En effet, il n'y a pas, il n'y a jamais eu et il n'y aura jamais de prêtre catholique, vierge d'interdiction ecclésiastique ou ne la méritant pas, qui allant, par exemple, comme dans les *Misérables*, confesser un régicide, ne le confesse pas, oublie en le voyant sa fonction sacerdotale, et, foudroyé par le vieux endurci dans le sinistre rayonnement de son impénitence finale, s'effondre lâchement sur ses genoux comme une argile coulante, et, renversement des deux rôles, lui demande filialement sa bénédiction. Ah !

soyons sacriléges, très-bien! mais ne soyons pas bêtes. Ne déshonorons pas la bonté que nous comptons faire adorer, en l'adossant à l'idiotisme. M. Victor Hugo ignore ce que c'est qu'un prêtrè, et je le conçois, mais le prêtre, le confesseur sait ce qu'il est, lui. Il sait qu'il représente Jésus-Christ en face des mourants qu'il assiste. Si donc l'évêque Bienvenu s'agenouille devant le vieux conventionnel, il y fait agenouiller Jésus-Christ!

Voilà pour la vérité du prêtre catholique de M. Hugo; voici maintenant pour la nature humaine! En nature humaine, il n'y a point et il ne saurait y avoir de bonté semblable à celle de l'évêque Bienvenu. Je nie le fait. Ce n'est qu'une abstraction. Il n'est pas d'homme, — entendez-moi bien! — il n'est pas d'homme, s'il n'est un saint, croyant, par conséquent, très-énergiquement au ciel, achetant, à chacun de ses actes, un morceau de paradis, comme disent les impies (et je n'ai pas peur de leur mot), non, il n'est pas d'homme qui se conduise comme l'évêque Bienvenu dans les mêmes circonstances! Il n'en est pas qui, volé par un coquin encore plus hideusement ingrat que voleur, déclare, pour délivrer ce voleur et cet ingrat, que non-seulement il lui a donné les couverts qu'il a pris, mais aussi les flambeaux d'argent qu'il a oubliés, et qui les lui remette comme fait l'évêque, aux yeux des gendarmes ébahis!

Seule, la Sainteté, la Sainteté absolue, qui a pour caractère de produire le surnaturel dans les âmes, peut transformer à ce point la nature, mais M. Hugo n'a pas donné à son évêque Bienvenu la Sainteté comme, l'entend l'Eglise. Il serait même bien atrappé qu'on le crût un saint, cet évêque qui, dans l'esprit du romancier et du roman, n'est titré d'évèque que pour faire mieux voir combien la bonté pratiquée par un pur philanthrope, par une crême de philanthropie, l'emporte sur tout et *enfonce* le sacrement dans le prêtre !!! Or, si l'évêque Bienvenu est une abstraction ; si, en nature humaine, il n'est pas et ne peut pas être, ou s'il n'est seulement qu'un mascaron de fantaisie, un vieux toqué de bonté à tue-tête et grotesque, l'intérêt et la vraisemblance du roman sont frappés dans leur source la plus profonde, car la bonté de Mgr Bienvenu est la cause de la conversion du forçat Valjean, qui est le livre tout entier.

Ce Valjean, prêché de bonté par l'exemple de cet évêque impossible, qui s'abstient de toute parole enseignante (toujours par bonté ! et comme cela c'est évêque !), ce Valjean, après un dernier vol, qui est la dernière influence du bagne, résistante et expirante, devient donc vertueux et bon, mais dans les proportions de bonté, à fond de train, du chimérique évêque ! Au second livre des *Misérables*, nous le trouvons manufacturier, ce Valjean, et, par Dieu ! maire de sa commune. C'est monsieur le maire et c'est monsieur Madelaine, et le forçat est enterré à cinq cents pieds dans le philanthrope ! Or, les manufactures n'allant pas sans ouvriers, M. Madelaine a des ouvriers *dont il est le père*, et, parmi ses ouvriers, vous sentez bien, n'est-ce pas? qu'il doit y avoir une ouvrière nommée Fantine, la fille-mère qui travaille pour nourrir son enfant. Ici le sophisme se met à grimper sur les épaules du mélodrame.

Un jour, cette fille-mère est chassée de la manufacture, on ne sait trop pourquoi, mais qu'importe ! Elle en est chassée parce qu'il faut qu'elle en soit chassée, parce qu'il faut qu'elle tombe dans la misère, parce qu'il faut qu'elle soit fille publique, parce qu'il faut qu'elle vende ses cheveux et qu'elle se fasse arracher deux dents qu'elle vend au dentiste, toujours pour nourrir son enfant, et enfin parce qu'il faut surtout que monsieur Madelaine, témoin de son arrestation, après une rixe sur le trottoir, l'arrache à la police et la proclame vertueuse, plus vertueuse (il s'y connaît, ce monsieur Madelaine !) que si elle n'avait jamais failli ! Tout serait donc sauvé et irait à merveille, sans un soubresaut que fait tout à coup le récit. Un vieux coquin, à peu près stupide, est arrêté pour avoir volé des pommes, et ce vieux coquin est pris pour Valjean, l'ancien Valjean le forçat, et va être condamné comme tel, pour récidive, aux travaux forcés à perpétuité, — peut-être à la mort, dit M. Hugo, qui se soucie bien d'être un criminaliste un peu léger dans ses affirmations, pourvu que son mélodrame chauffe !

M. Madelaine, le docteur en vertu, laissera-t-il l'erreur s'établir sur la tête du vieux drôle peu intéressant par lui-même ?... Vous comprenez bien avec quel sentiment il discute dans sa conscience une telle question et que cette discussion doit être longue ; mais, après une lutte vraiment belle au milieu de tant d'ignobles détails, l'auteur se rejette dans le mélodrame et fait tomber, comme la foudre, M. Madelaine à la cour d'assises, au moment où l'on va condamner le voleur de pommes, pour y déclarer que c'est lui, le bienfaisant, l'honoré Madelaine, qui est Valjean, Valjean le forçat ! A cette renversante déclaration on le croit fou, et d'étonnement on le laisse aller. Il revient chez lui, mais il s'y fait reprendre au chevet même du lit de Fantine, malade de phthisie, et qui meurt du coup !... Telle l'action après les personnages, et vous voyez si l'élément de la platitude, nécessaire au pathétique abaissé du mélodrame, n'y a pas été prodigué !

Mais au moins, le récit, direz-vous, nous venge?.... Le récit, au moins le récit, qui est la gloire du conteur, a-t-il jeté, pour ceux qui aiment l'art et qui en connaissent les ressources, sa toute puissante magie sur le nouveau roman de M. Victor Hugo ?... Rappelez-vous l'inattendu, la science profonde, les méandres charmants, l'action plus puissante que si elle était théâtrale, des récits de Balzac, de ce Balzac qui a fait *Vautrin* et qui n'aurait pas fait *Valjean !* et comparez-les au récit lâché des *Misérables !* M. Hugo, qui ne veut plus de l'art pour l'art, n'en a aucun dans sa manière de conter. Il y intervient incessamment de sa personne. Or, l'intervention personnelle d'un conteur dans ses récits donne à ces récits éternellement l'air de préfaces. Il faut qu'ils soient impersonnels dans le roman ou faits par un personnage du roman même. Le reste est inférieur, parce que le reste est commode.

M. Hugo interrompt son récit, l'arrête, le coupe de réflexions, de *contemplations*, qui durent parfois tout un chapitre, — puis il le reprend, ne le rattache pas, ne le recolle pas, mais l'égaille, le débraille et l'éraille. Il fait ce qu'il veut. Il est chez lui, non pas sous son dais d'autrefois, les jours de présentation et de baise-main romantiques, mais pantoufles aux chenets, les mains dans les poches, avec le sans-gêne d'un homme mené plus qu'il ne le croit par la mystérieuse logique des choses et qui, ayant répudié l'art pour la politique, — et même pour le sans-culottisme politique, — devait, un jour ou l'autre, arriver au sans-culottisme littéraire. Il y est arrivé. Il y est neuf encore, mais il s'y fera ; il s'y acclimatera. Il s'y complétera. Il s'y consommera. A cette heure, son sans-culottisme littéraire n'a pas l'irréductible pureté vers laquelle il tend. Il a encore des taches, — des taches de talent, — çà et là, mais elles disparaîtrons bientôt, ces taches lumineuses ! Il atteindra littérairement, un jour qui n'est pas éloigné, allez ! à la pureté de ce sans-culotisme politique immaculé et accompli, celui-là ! que je trouve dans les *Misérables*, dans ce livre où des régicides confessent des évêques et où Louis XVII est comparé au frère de M. Cartouche ! Pour mon compte, je n'ai remarqué sur cette hermine qu'une très-légère éclaboussure, mais qui, pour nous faire rire, ne la fera pas mourir, une toute petite éclaboussure de cette vanité d'autrefois qu'il faut laisser aux *aristos* ! C'est le mot sur Hugo, l'évêque de Ptolémais, l'*arrière grand-oncle*, dit M. Hugo, de *celui qui écrit ces lignes*... Franchement, de la part du futur Consul de la République démocratique et sociale, c'est drôlet !

IV.

Et j'ai tout dit ! J'ai dit l'idée première du livre, les caractères, l'action, le récit. J'ai montré la vulgarité de tout cela, la vulgarité qui certainement en fera la fortune, car le mélodrame est plus fort que la distinction même de l'esprit qui le juge. Tout est portière pour y pleurer. Ce bilan de la platitude terminé, il reste à faire le compte du talent qui s'y mêle, ce qui ne sera pas long, puisque, excepté dans les *Contemplations* jamais M. Hugo n'a mis moins de talent que dans les *Misérables.* Il y en a pourtant, ne vous y trompez pas, et je veux le noter. Ainsi, dans l'ordre de la pensée, il y a deux fois, dans les *Misérables*, le spectacle très-beau de la conscience de ce Valjean, observée avec une impartialité singulière pour un esprit comme celui de M. Hugo, très-emporté toujours au delà des justesses de l'analyse et de ses subtilités! La première fois, c'est quand Valjean passe du crime au repentir et fait son dernier vol, comme pour protester contre sa conscience qui revient, sa dernière tentative contre elle, trait superbe de nature humaine! La seconde fois, c'est quand il délibère s'il ira se dénoncer comme étant Valjean le forçat, dans ce chapitre qui n'avait pas besoin de ce titre gongorique : « *Une tempête sous un crâne,* » pour être beau! Mais au-dessus de tout, selon moi, il y a l'inspecteur de police Javert, composé si bien qu'on dirait qu'il est vrai! l'inspecteur de police, nuancé avec un art nouveau dans M. Hugo, et dominant toutes les autres figures du livre, qui ne sont au fond que des charges, l'évêque, le forçat, la fille-mère! Complexe réalité, profondément étudiée, mais qui soufflète tout le système de M. Hugo et la conception de son livre, en montrant combien la société est auguste, dans ses répressions et dans ses disciplines, puisqu'elle communique tant de grandeur à l'abjection même d'un mouchard. Force irrésistible d'une idée vraie ! le mouchard a malgré sa vileté, sous la plume anti-sociale de M. Hugo, dans les *Misérables*, une grandeur que n'a pas Valjean, malgré ses hauts mérites de forçat! Voilà, dans l'ordre de la pensée, les trois beautés indéniables que j'ai rencontrées dans le livre de M. Hugo. Dans l'ordre du style, elles seront moins éclatantes, mais plus nombreuses, et je veux aussi les compter. Les bons comptes font les bons amis !

Chez M. Victor Hugo, le talent est surtout le style, c'est l'expression, c'est l'invention dans le verbe, c'est enfin toute cette matérialité enflammée de mots et d'images qu'on peut ne pas aimer, mais dont on ressent la puissance. Eh bien ! c'est par là qu'il est encore aujourd'hui Victor Hugo et que par là il échappe au triste destin de n'être plus que l'imitateur d'Eugène Sue. Les *Mystères de Paris* ont, en effet, inspiré les *Misérables*, et ils leur restent supérieurs par l'invention absolue, par l'observation, par la richesse et le nombre des types curieusement immondes, par la nouveauté de cette langue de l'argot qu'on parlait alors pour la première fois et avec laquelle M. Hugo, devenu timide, n'a pas osé se colleter : (1)

J'appelle le cochon par son nom — pourquoi pas ?

Mais jusque dans les détails Eugène Sue a marqué

(1) Ne pas oublier que les chapitres de cette critique ont été publiés au fur et mesure des *livraisons*. Il n'y a pas d'argot dans *Fantine*. Il y en a eu dans les dernières livraisons. Mais M. Hugo l'a parlé sans puissance. L'argot n'a été pour lui que l'occasion d'une dissertation dont il sera question plus loin.

M. Victor Hugo à son chiffre et à ses armes. Fantine n'est qu'un calque de Fleur-de-Marie, — infidèle et malheureux. Seul, le style, et non partout, le style à quelques places, en ces deux volumes, éclate à travers le système et rappelle aux esprits littéraires l'ancien Victor Hugo. Ainsi, je suis très-sûr et j'ai compté : Mettez *dix* charmantes lignes sur Mlle Batistine, la sœur de l'évêque Bienvenu ; *trois* pages très-*enlevées* sur la religion du sénateur; — *deux* pages intitulées *l'Ombre et l'Onde*, — *une* page *et demie* sur la sœur Simplice, — le délicieux paradoxe, cité par M. Janin, sur le bonheur d'être aveugle, et vous avez tout, car c'est tout! L'addition, comme vous le voyez, n'est pas difficile, et je suis vraiment désolé de n'avoir pas trouvé davantage. Partout ailleurs que dans ces pages, le style de M. Hugo se tourmente et se tord beaucoup pour être simple : vous figurez-vous la grimace que c'est ! Il donne l'affreux spectacle de l'hypocrisie intellectuelle de la simplicité, jouée par un naturel exagéré et qui avait du bon comme cela. Il y a, je crois, dans les Contes Arabes, un génie pris dans le marbre, — un marbre qui monte — jusqu'à la ceinture. M. Champfleury, qui n'est pas un marbre, monte le long de M. Hugo. Jusqu'où ira-t-il?

V.

A présent mon travail est fait. Je n'ai rien omis sur ce livre des *Misérables*, qui peut avoir un grand succès, qui l'a même, dit-on, mais qui ne sera pas pour cela un grand livre. M. Hugo, je n'en doute pas, entraînera de son côté tous les esprits ardents et faibles, toutes les âmes de portière, plus nombreuses qu'on ne croit, et qui préfèrent au *Qu'il mourût!* du grand Corneille et à l'*A moi, Auvergne!* de d'Assas, le sublime des deux dents arrachées pour nourrir son enfant de la fille-mère; enfin tous les enthousiastes pleurards qui larmoieront d'admiration sur le Bienvenu, et qui ne savent pas que là, parmi nous, sur le terrain de la réalité, il y avait, quand M. Hugo écrivait ses *Misérables*, un vrai prêtre (le curé d'Ars) plus sublime que le sien, justement parce qu'il *était plus prêtre* et que, pour cette raison, il n'aurait pas voulu copier. Oui, M. Hugo aura tout ce monde-là pour lui, et peut-être (je le regretterais davantage) les gouvernements qui le laissent en paix attaquer la société et ses institutions salvatrices avec ces larmes qu'il ne songe à faire couler que pour mieux la noyer dedans! Mais ce n'est pas une raison, tout cela pour que la Critique littéraire, qui doit être toujours de la critique morale, ne dise pas son mot, et il sera net. Les *Misérables* ne sont pas un beau livre, et, de plus, c'est une mauvaise action.

Cosette.

I.

La deuxième livraison des *Misérables* a paru, précédée, comme l'autre, de ces citations réclames qui déchiquètent un livre, dans l'intérêt grossier de sa publicité. Quel sera le sort de cette nouvelle livraison? elle fera son bruit, sans doute; on se donne assez de mal pour cela! Mais la publicité de cette seconde partie de l'œuvre de M. Victor Hugo aura-t-elle l'éclat de la première? et quand je dis publicité, n'entendez point succès, car la publicité qui commence le succès ne l'achève pas toujours, et c'est, — comme vous allez le voir, — ce qui arrive aujourd'hui à ce roman des *Misérables!* Maintenant qu'il nous est facile de nous replier, pour le juger, sur l'effet de ce livre fameux, nous sommes autorisés à affirmer que le succès, — le succès qui n'est pas le bruit qui passe, mais l opinion qui reste, — n'a pas été ce qu'on pouvait croire, ce que nous-mêmes nous croyions, et surtout ce que M. Victor Hugo devait espérer!

Et ce que j'écris là, j'en suis très-sûr. Je suis très-sûr de la conscience de M. Victor Hugo. Je suis très-sûr qu'il n'est pas content, et je pense comme lui pour cette fois (seulement!), je trouve qu'il n'a pas lieu de l'être. Malgré son éloignement volontaire, M. Victor Hugo sait très-bien tout ce qui se passe à Paris. Mazzini de la littérature (hélas! il n'est plus que cela à présent!), il a sa police comme l'autre Mazzini. Il sait donc très-bien qu'il s'est produit parmi nous, à propos de ses *Misérables,* un phénomène des plus curieux et dont vous devrez tenir grand compte, ô vous, qui vous blinderez assez le cœur pour écrire, sans dégoût, l'histoire de nos mœurs littéraires! Ce phénomène, c'est la contradiction, flagrante et publique, de l'opinion *écrite* et de l'opinion *parlée,* chez beaucoup de ceux que M. Victor Hugo croyait à lui, sous les deux espèces, qu'il croyait à lui tout entiers!

M. Victor Hugo n'ignore pas qu'à Paris, dans ce monde, qui a tant d'échos et tant de places où l'on se rencontre, tel critique qui semblait lui appartenir poings, pieds et *langue* liés, tel critique sur lequel il comptait, et qui l'a loué galamment, ce n'est pas l'embarras! la plume à la main par respect, par un terrorisme de respect pour d'anciennes relations, a cruellement traité l'œuvre du maître quand il n'a fallu qu'en parler. Il y a même de ces critiques qui s'en vont faisant amende honorable de leur opinion *écrite* dans leur opinion *parlée.* Et ce n'est pas tout! A côté de ces contradictions, il y a, dans les hauteurs de la critique, des silences encore plus terribles pour M. Victor Hugo.

Pourquoi, par exemple, M. Théophile Gautier, si compétent dans l'appréciation des belles choses, M. Théophile Gautier, si doux aux personnes, n'a-t-il rien dit des *Misérables?* Le Bacchus romantique ne se souvient donc plus qu'il est sorti de la cuisse de Jupiter?... Pourquoi M. Sainte-Beuve, que ses opinions politiques n'arrêteraient certes pas dans son jugement littéraire sur le livre de M. Hugo, est-il resté muet comme M. Gautier? *Pisces ambo!* La vieille garde n'a point donné. De jeunes conscrits dont je ne blâme point l'ardeur (ils la prodiguent; il sauront un jour la discipliner) se sont parfaitement conduits, il est vrai, mais M. Victor Hugo, cet ex-empereur littéraire qui a abdiqué pour se faire tribun, doit souffrir, malgré son abdication, de l'absence de ses prétoriens déserteurs, et voilà ce dont les Mameloucks de M. Vacquerie ne pourront pas le consoler!

Ainsi, des démentis qu'on se donne à soi-même, ce qui fait une opinion littéraire à deux courants, une expiation par la parole des petits mensonges de l'écriture, et plus haut, un silence prudent et respectueux, mais un silence de la plus inquiétante éloquence, mettez ces démentis et ces silences dans le bruit soulevé autour des *Misérables,* et vous diminuerez d'autant ce bruit qu'il faudrait entretenir et qui va se lasser peut-être, car deux impressions ne sont jamais égales en France, dans ce pays d'éther et de feu où l'imagination se blase si vite et où un chef-d'œuvre, oui, même un chef-d'œuvre, n'aurait pas le droit d'être long! Nous ne sommes pas, nous, des culs de plomb d'Allemands qui restent assis trois jours pour voir jouer une trilogie, et les *Misérables* de M. Victor Hugo coûtent plus de temps à lire que le *Wallenstein* de Schiller à voir représenter. Nos esprits, à nous ont des ailes, et nous nous en servons pour décamper, quand le talent d'un homme, déjà goûté, ne nous régale pas de saveurs nouvelles.

Pour soutenir donc ou pour ranimer le bruit qu'ont fait les *Misérables*, besoin serait que l'auteur eût montré, dans les détails un talent qui aurait rejailli du fond de son sujet, dont l'idée est connue, et par conséquent n'a plus pour nous de surprise, comme rejaillit la flamme qu'on croyait éteinte et qui repart, brillante, obstinée! Eh bien! est-ce ce renouvellement de M. Hugo dont nous allons être témoin aujourd'hui dans cette seconde partie de sa grande œuvre, — les *Misérables*, — laquelle partie s'appelle *Cosette*, c'est-à-dire petite chose, et qui n'a pas volé son nom?

II.

C'est une très-petite chose, en effet, que *Cosette*... Je demande la permission d'être minutieusement exact. Otez des deux volumes que voici, et qui n'ont que trois cents pages coupées par d'énormes blancs, ôtez-en cent vingt-six pages sur la bataille de Waterloo et soixante à quatre-vingts pages sur les couvents, il vous reste alors le roman de ce petit nom de *Cosette*, qui, cependant, pourrait être une grande chose, attendu que la grandeur d'une œuvre littéraire ne se mesure point à son étendue, mais s'apprécie à son essence... mais qui, en fait d'invention et d'expression, est à peu près... rien. L'invention n'y existe pas, même chétive. Elle y est *chétiotte*. Il faut inventer des diminutifs au mot chétif pour dire ce qu'elle est.

Vous vous le rappelez? La première partie des *Misérables* nous a appris que Cosette avait été déposée chez les Thénardier, cabaretiers à Montfermeil, par Fantine, cette adorable mère, qui laisse son enfant derrière elle et l'entrepose dans les cabarets, — maternité un peu à la manière de Jean-Jacques, cet autre entreposeur d'enfants qui, du moins, mettait les siens à l'hôpital, chez les sœurs de Saint-Vincent-de-Paul, des demoiselles qui valent bien Mme Thénardier! — Eh bien! tout le nouveau roman de *Cosette* va se passer à raconter comme quoi elle est retirée de chez ces Thénardier de Montfermeil par Valjean, — puis gardée quelques jours et introduite par lui, toujours poursuivie par Javert, dans le couvent du Petit-Picpus. Et c'est tout! *Ecco la cosa!* Voilà toute la chose, qui a bien le droit de s'appeler chosette. Quand cet intéressant roman finit, Mlle Cosette qui en est l'héroïne a tout au plus dix ans.

Invention maigrelette! n'est-il pas vrai? et l'expression, c'est-à-dire la mise en œuvre, — car l'expression n'est pas simplement que dans le mot; elle est dans l'ensemble de la composition autant que dans l'ensemble de chaque page, — et l'expression n'y donne pas à l'invention, la vie et la force qui lui manquent. J'écarte, pour un moment, la bataille de Waterloo et le Petit-Picpus, auxquels je reviendrai tout à l'heure. La bataille de Waterloo et le Petit-Picpus ne sont pas de l'invention de M. Hugo, que je sache. Mais dans la partie purement inventée de *Cosette,* de ce roman sentimentalo-puéril qui rappelle, moins le merveilleux et l'originalité naïve, les contes très-inventés, eux, de *Cendrillon* et de *Peau-d'Ane*, l'expression du conteur, de cet anti-naïf qui se met la tête de sa poupée dans l'œil, l'expression est du Thomas tombé dans du Perrault et rebondissant dans du romantisme.

L'auteur appelle lui-même ce qu'il fait (à la page 162 du 2e volume) « un roman dont le premier personnage est l'infini et le second l'homme. » Mais c'est le galimatias qui est infini! Voilà le premier personnage du roman! le second... je ne le connais pas! Il y a bien çà et là quelques jolies phrases, mais il n'y en a pas autant que d'abeilles sur le manteau de Napoléon! Ces phrases seraient charmantes, j'en conviens, si on ne les avait jamais vues, mais on les connaît. On les a déjà admirées en vers et en prose dans les Œuvres complètes de M. Hugo.

On a vu tout ce *trop* qui n'est pas *assez*, tout ce trop de bleu, de rayons, d'ombre et de lumière, qui finit par être d'une affreuse monotonie et dont le coloriste, à bout de palette, abuse dans sa violente stérilité. M. Victor Hugo est son propre Valjean à lui-même. Il est aux galères des mêmes images. Mais, moins heureux que l'autre forçat, il n'a jamais fini son temps ou rompu son ban, et il a tort. Nous ne sommes pas Javert. Qu'il se sauve de ses galères! Nous ne l'y reconduirons pas.

Quant à ce style dont nous parlions et qui ne tient pas à la langue et à l'*enlevé* des pages, mais à l'ensemble combiné des faits, et qui donne ce résultat, harmonieux et savant, qui s'appelle la *composition* dans toute espèce d'œuvre d'art ou de littérature, M. Victor Hugo n'a jamais, dans aucun de ses drames à effets éperdus et à émotion n'importe à quel prix, mieux montré qu'il en est radicalement incapable, et voici pourquoi. Plus la donnée d'un livre est simple, plus il est aisé de s'apercevoir que l'auteur, s'il n'a pas la main délicate, doit la fausser, en la touchant. Or, qu'y a-t-il de plus simple que la délivrance d'un pauvre petit être que deux bourreaux assomment sans en avoir le droit, ce qui rend la chose plus simple encore, et de le placer dans un couvent où on ne l'assommera plus ?..,

Mais M. V. Hugo, dont la nature d'esprit peut très-bien se passer de vraisemblance et même de vérité, mais ne peut se passer de surprise et d'émotion physique, M. Victor Hugo, ce forgeron qui tord et tenaille tout ce qu'il touche, va attacher à la bulle de savon de cette donnée toutes les complications laborieuses, toutes les impossibilités, tous les *trucs* de haute venue d'un mélodrame enragé ! Le Valjean de la phrase va devenir tout à l'heure le Thénardier de son sujet ! Vous allez voir comme il arrange son grêle et frêle sujet de *Cosette !* J'ai dit que je serais minutieusement exact et je le serai.

III.

Valjean-Madeleine qui, à ce qu'il paraît, a été, dans l'intervalle d'un roman à l'autre, — de *Fantine* à *Cosette*, — remis à la galère, et qui doit nécessairement en sortir pour délivrer la petite fille de Fantine, sauve, sur le port de Toulon, un marin qui allait tomber du haut d'un mât où il pendait en équilibre, et, après l'avoir sauvé aux applaudissements des gardes-chiourmes *en pleurs*, fait mine de se noyer, se jette à pic d'une hauteur immense entre deux vaisseaux bord à bord qui ont la bonté de ne pas l'écraser, passe par-dessous l'un d'eux comme une anguille, et arrive à Paris, en *redingote jaune* doublée de billets de mille francs. Est-ce pour cela qu'elle est jaune, cette redingote?... Pour ma part, j'aime mieux Vautrin (et vous?...) en chanoine de la cathédrale de Tolède, faisant sur la route d'Angoulême son amusant et magnifique cours de politique à Lucien de Rubempré, qu'il vient de sauver de l'eau.

De Paris, Valjean se rend nuitamment chez les Thénardier, à Montfermeil, où, après avoir acheté une poupée de vingt francs à Cosette et fait la *petite providence des enfants* et *madame la Fée* toute la soirée, il achète brutalement quinze cents francs la petite à ce Thénardier, qui n'est pas bête pourtant, mais monstrueusement retors, et qui ne demande pas même ses papiers à l'homme à la *redingote jaune* et au vieux chapeau, qui achète des enfants quinze cents francs pièce, mais qui n'en veut pas donner un sou de plus! Certes je ne chicanerai jamais beaucoup à un romancier ou à un poète les moyens qu'il emploie pour arriver à un effet sublime. Mais je cherche ici l'effet sublime et ce que je vois, c'est la grossièreté du moyen!

Continuons donc. Valjean, parti avec Cosette, se cache dans un galetas, sur le haut d'un chantier désert.

dans le vieux quartier du Marché-aux-Chevaux, et il s'essaie à la paternité (pour lui une sensation nouvelle), mais philanthrope inconsidéré, qui ne sait pas combien il est imprudent de se livrer à la philanthropie, quand on a une redingote jaune et seulement un fragment de chapeau sur la tête, il donne (toujours pour ne pas être remarqué) des pièces de cent sous aux pauvres qu'il rencontre, et le bruit s'en fait parmi les mendiants du quartier et en vient à une terrible oreille — l'oreille qui couvre tout, comme l'œil de Dieu, dans ce roman, — l'oreille de Javert, lequel, émoustillé de voir le forçat qu'il croyait crevé, reparaître, s'habille en pauvre, reçoit cent sous, reconnaît son donneur de pièces de cent sous, ne le prend pas (ô policeman commode! digne d'être à jamais le policeman de tous les drames futurs de M. Hugo!) mais le lâche pour avoir le haut plaisir d'artiste (et M. Hugo aussi!) de lui faire la chasse, d'une rive de la Seine à l'autre, et de le reprendre bien plus difficilement et bien mieux, quoique de toutes les manières de prendre les gens, la plus courte semble la meilleure.

Javert, du reste, ne vise qu'à une volupté. M. Hugo, lui, vise à deux, car Valjean le forçat ne peut pas ne point battre à plate couture la police. Allons donc! il sait manger son pain, M. Victor Hugo! Valjean traqué comme une bête fauve, *juste* au pied du mur de Picpus, qui est *arrivé* là, ce mur, sait, en sa qualité bénoîte et précieuse de forçat, monter sans échelle, partout, avec les mains et même avec le dos. Il monte en se retournant, l'habile homme!

Et d'ailleurs, qu'est-ce que ça... dix-huit malheureux

pieds de mur? Il y a bien Cosette. Mais après avoir coupé et enlevé la corde d'un reverbère aussi facilement qu'on sort une ficelle de sa poche, Valjean se lie l'enfant autour du corps et grimpe à rebours!... Et le bon sens suit! absolument dans la même position!... Je donne ma parole d'honneur que je ne veux pas jouer de tour à M. Hugo, mais si j'avais l'idée d'en jouer, c'en serait un que cette fidèle analyse. Je ne veux faire que de la critique; seulement il se trouve que cette critique n'est pas mauvaise. Elle me suffit. Je sais que je parle au peuple le plus spirituel de la terre, qui a l'instinct du ridicule, et qui se rebiffe comme un chat, quand on lui fourre le nez dedans!

Les voilà donc, Valjean et Cosette, descendus et recachés dans le jardin de Picpus, car c'est un cache-cache perpétuel que ce livre, comme tous les mélodrames, ces boîtes à surprise! Mais celle-ci, plus surprenante que les autres, jette à Valjean, qui recommençait d'être assez embarrassé dans ce jardin escaladé, le bonhomme Fauchelevent, un paysan que, dans *Fantine*, M. Madeleine, le maire de M..., a tiré de dessous sa charrette et à qui il a sauvé la vie. Le vieux Fauchelevent est le jardinier de ces dames de Picpus. Et pourquoi pas, au fait? Mais pourquoi des maires lui tombent-ils du ciel dans son jardin, accompagnés d'une petite fille qui a l'air de sortir de chez les *Sœurs*?... Ceci est moins concevable et rendrait perplexe, si M. Hugo ne finissait tout par un mot, dont je lui sais gré, moi : « On n'interroge pas les saints, » dit-il péremptoirement. Vous voyez bien, Monsieur Hugo, que les saints servent à quelque chose. Les religieuses mêmes, qui sont les surnuméraires de la sainteté, ne sont pas inutiles. Elles vont servir tout à l'heure bien plus à M. Hugo qu'à Valjean. Il s'agit de leur faire élever Cosette et de leur faire garder chez elles M. le maire qui ne veut plus de sa mairie, et qui, Dioclétien fatigué de l'empire, désire déposer aux pieds d'une melonnière le fardeau de l'administration.

A mon sens, terre à terre, rien n'est plus facile, non au sens de M. Hugo, qui tient à nous faire la surprise finale, l'effet à tous crins, de son mélodrame d'aujourd'hui! Ces dames de Picpus, asservies à une règle sévère, ne s'occupant que des choses de Dieu, barricadées derrière l'autel, ne voient pas plus loin que cet autel. Rien donc de plus facile au vieux Fauchelevent que de prendre par la main Valjean et Cosette et de dire à ces dames qui ont confiance en lui : « Voilà mon frère qui est fort et qui m'aidera à faire le jardin parce que je deviens vieux et faible, et voici ma nièce, Cosette, qui a besoin du catéchisme. » Seulement cela ne serait pas le compte de M. Hugo, qui se travaille (pour faire rentrer Valjean par la porte) de façon à le faire sortir dans la bière d'une religieuse morte... Vous comprenez l'effet de cet emportement d'un homme vivant dans une bière qui peut devenir un enterrement, mais qui ne l'est pas... O chair de poule des portières! Et vous, nos maîtres! saluez titis!!!

IV.

Et maintenant qu'on lise le livre, et qu'on dise si j'en ai oublié une virgule... On m'a accusé, dans des articles de journaux sans foi d'avoir manqué de respect à M. Hugo parce que j'ai osé le juger en toute indépendance et sans trahison, moi ! Or, je ne sache qu'un homme qui ait manqué de respect à M. Hugo, et ce n'est pas moi, mais c'est lui ! C'est lui ! Car c'est se manquer à soi-même, c'est manquer au talent que Dieu vous a donné, dans un jour de munificence, que de l'abaisser en vue d'une popularité *quelconque*, que de ne pas le garder à la hauteur où Dieu l'avait mis ! M. Hugo avait, certes ! plus la dignité qui lui convient, quand il proclamait son axiôme d'autrefois l'*art pour l'art*, idée fausse, mais élevée et fière ! qu'à présent qu'il fait d'un roman une chaire de démocratie, et qui sait ? peut-être le journal d'un homme qui n'a point de journal. Ici, j'arrive à la partie de ce roman que j'ai laissée dans l'ombre — la partie des hors-d'œuvres, — la bataille de Waterloo et le couvent de Picpus !

La bataille de Waterloo, qui ouvre le roman de *Cosette*, est un piége à succès où tout le monde sera pris, car c'est le piége de la gloire et du plus généreux sang versé pour la France. Comment ne pas se prendre à cela ?.... Seulement aux yeux de la Critique, que l'émotion ne doit pas troubler quand il s'agit de voir clair dans une composition, cette bataille chaudement racontée, je le reconnais, avec ce lyrisme particulier à M. Hugo, le poëte olympique des canons, des clairons, des manœuvres, des mêlées et des uniformes, cette bataille qui nous prend le cœur partout, qui est belle dans Jomini, qui est belle dans M. Charras, qui est superbe dans M. Quinet, qui sera même belle dans M. Thiers, n'en est pas moins un hors-d'œuvre qui vaut mieux que l'œuvre, mais qui lui nuit! Assurément elle n'est pas là, cette bataille, détaillée comme une étude spéciale, uniquement pour que cet ignoble chacal de Thenardier vole après le massacre une bague au doigt d'un cuirassier qu'il croit mort et qui est vivant. Si cela était, cela rappellerait le tonnerre de l'athée Desbarreaux, qui faisait gras un vendredi : « Voilà, dit-il, beaucoup de bruit pour une omelette! »

La vraie raison de ce hors-d'œuvre disproportionné, c'est peut-être une bataille de Waterloo restée en portefeuille et que M. Hugo a voulu, enfin, utiliser?... Si puissant qu'il soit, du reste, par les faits encore plus que par le talent de l'auteur, cet immense hors-d'œuvre d'un livre qu'on pourrait appeler un roman à *rallonges*, a toute une partie incroyablement fausse et quelquefois même incroyablement grotesque, et ce sont les dissertations dont M. Hugo l'accompagne. Il y en a de toute espèce. Il y en a de démocratiques dans lesquelles on voit la Révolution forcer la main à Napoléon, qui lui a plutôt brisé la sienne, quand, dit M. Hugo, « l'Empereur mit un postillon et un sergent sur les trônes de Naples et de Suède. » Insolence de la rhétorique! Ce n'était plus un postillon et un sergent dont il s'agissait, c'était de deux héros! Il y en a de panthéistiques à la Michelet, qui décapitent les chefs au profit des soldats; comme si, ce jour où les soldats furent si sublimes et les autres jours où ils le sont, ce qui les fit ou ce qui les fait sublimes n'était pas toujours l'âme de leurs chefs qui leur passe dans la poitrine ! Comme si la pile de Volta électrisante n'était pas toujours le général qui fanatise les courages et fait des lâches des vaillants ! Il y en a enfin des dissertations « qui n'ont de nom dans aucune langue, » comme celles que M. Hugo entonne, car c'ést un hymne que celle-là, sur le fameux mot de Cambronne, écrit, en toutes lettres, pour la première fois !

On le connaît, ce mot fameux, et chacun, malgré l'admiration qu'on a pour le sentiment qui l'a poussé sur des lèvres purifiées et rendues purificatrices par la poudre, chacun baisse la voix cependant quand il s'agit de le citer : mais M. Hugo, je l'en félicite, l'a haussée ! Il n'a pas eu recours à la fuite des points, à l'hypocrisie de l'initiale. Il a dit crûment et crânement le mot qui devait être dit par l'histoire de France qui n'est pas une bégueule anglaise. Que l'histoire anglaise ne le dise pas, ce mot, et se l'épargne, je le conçois, mais nous ! L'art est toujours une grande audace. Ce mot difficile, impossible, devait être jeté dans le récit, comme il fut jeté dans la bataille s'il y a été jeté : mais M. Victor Hugo n'a pas cet art suprême du cri, qu'on ne peut répéter. Lui s'appesantit sur le mot de Cambronne, il s'y complaît, il s'en enivre, et, ma foi, il en devient fou ! Ce mot est plus grand et plus beau pour lui que la gloire de la bataille de Waterloo, que la gloire de Napoléon ! que la gloire de toutes les batailles de l'Histoire !!! « C'est là, dit-il, — et je ne puis pas citer tout ce qu'il dit, — *clore Waterloo par le Mardi-Gras ! compléter Léonidas par Rabelais !... Cela atteint la grandeur ESCHYLIENNE !* » Comment l'entend-il ?... Dans ses premiers volumes des

Misérables, il a appelé agréablement le calembour, la *fiente* de l'esprit. Y a-t-il là un calembour?...

Ainsi finit par ce paradoxe insensé où les antithèses sont les Furies d'un si malheureux Oreste, ce grand hors-d'œuvre de la bataille de Waterloo (de 126 pages) qui n'en a rencontré qu'un autre dans tout le roman qui soit presque de sa longueur, et c'est la description du couvent de Picpus érudite, antiquaire et inutile (dans cette proportion) au roman de *Cosette*. Eh bien ! je recommencerai la question que j'ai faite plus haut. M. Hugo avait-il une dissertation sur le monachisme et les couvents, en portefeuille comme une bataille de Waterloo?... Sa description de Picpus est entremêlée, comme sa bataille, d'une dissertation intarissable dans laquelle les couvents sont traités comme ils doivent l'être par un philosophe de la portée de M. Hugo, lequel cependant a la bonté de nous faire cette concession, à nous autres chrétiens : c'est que la vie contemplative, cette *fainéantise* pour messieurs du dix-huitième siècle a quelque beauté et même quelque utilité, mais par la raison très-caractéristique du genre d'esprit de M. Hugo : que ceux qui prient dans les couvents *vivent au bord du mystère, se tournent du côté de l'ombre et que songer à l'ombre est une chose sérieuse!* (Avez-vous compris?...)

Enfin (car il faut en finir), il est encore un autre hors-d'œuvre, dont il m'est impossible de ne pas parler, ce sont ces monologues inouïs et hérissés d'érudition, — et vraiment d'une érudition très-curieuse, — de la prieure de Picpus, la sœur Innocente, qui fait des tirades (à la Charles-Quint, dans *Hernani*) au vieux Fauchelevent, son jardinier, auquel elle n'aurait simplement qu'à dire ces mots très-nets et d'ailleurs très-désirés du vieux Fauchelevent : « Enterrez la sœur Crucifixion sous l'autel, et donnez la bière vide à ceux qui viendront la chercher. »

En vérité, si toutes ces dissertations, à perte de vue et d'haleine, ne sont pas, j'en demande pardon à M. Hugo, les vieux *ours* qu'ils ont l'air d'être, ou encore, — si les *Misérables* ne sont pas une revue, à cadre romanesque, pour les besoins actuels d'enseignement dont M. V. Hugo serait dévoré, on est obligé à conclure que le livre qu'il nous donne aujourd'hui, est affligé de déformations bien étranges... Il y a des maladies fort connues des médecins, dans lesquelles un grossissement d'une partie du visage devient tout le visage, l'entraîne et le fond... M. de Salvandy, est mort de cette maladie, de cette emphase d'une partie du visage, qui s'ajouta à l'emphase de ses discours. Eh bien! le livre actuel de M. Hugo a cette maladie, et comme beauté, et comme lignes, et comme harmonie, il en meurt!

La petite *Cosette* est au bout du compte une chose monstrueuse, avec ses hypertrophiques superfétations qui s'ajoutent à son frêle organisme, avec toutes ces loupes qui lui poussent, ici et là, et qui sont énormes! Laissons-la, nous l'avons assez vue, cette pauvre *Cosette!* Passons maintenant à *Marius*, qu'on nous donne dans cette livraison (prodigalité significative!) avec cette *Cosette*, trop petite sans doute pour aller toute seule! *Marius*, ce n'est pas Marius assis sur les ruines de Carthage! Ce sera, si vous voulez, Marius assis sur les ruines de *Cosette!*

Marius.

I.

Marius! Eh bien, à la bonne heure! Il promet, ce titre de *Marius!* Laissons *Fantine!* Laissons *Cosette*, ces noms prétentieux et écœurants de simplicité... jouée, ces titres enfantelets et *gnan-gnan*, — onamatopée qui peint mieux qu'un mot ce que je veux dire, — et prenons enfin pour titre un nom viril, qui ne grimace ni ne pleurniche. Prenons *Marius!* Marius, en effet, c'est là un nom qui peut avoir sa raison d'être. C'est un titre qui peut cacher une idée, une idée dont j'ai cru, de loin, voir briller la lueur. Va pour *Marius!* C'est presque une espérance. Le talent est dur à tuer, même pour ceux qui le foulent aux pieds dans leur personne. On le croyait mort, il ressuscite! Est-ce qu'après les *Contemplations*, M. Victor Hugo n'a pas publié la *Légende des siècles?* Après *Fantine*, la grisette, et ses étudiants fantoches, après *Cosette*, ce conte de la Bibliothèque bleue des enfants dont Valjean est la fée et les Thénardier sont les ogres, pourquoi M. Victor

Hugo, Mürger manqué, Perrault manqué, meurtri, mais non cassé par ces deux chutes, ne se retrouverait-il pas *Victor Hugo* comme devant... dans *Marius*, par exemple?... Pourquoi *Marius* ne rachèterait-il pas *Fantine* et *Cosette?*... Et quand il ne rachèterait rien, au moins cela nous changerait!

Voilà ce que je me disais. Moi, qui n'ai pas, je vous l'assure, un seul préjugé, un seul mauvais sentiment contre M. Victor Hugo, moi qui serais si heureux de pouvoir louer sans réserve un beau passage, une grande chose, dans son livre des *Misérables*, parce que le meilleur soubassement qu'on puisse donner à sa critique, c'est la justice d'un éloge mérité, voilà ce que je me disais, en ouvrant *Marius*, le troisième tiroir de ce roman commode, dans lequel M. Victor Hugo a empilé, sans ordre, tous les divers écrits, sur toutes choses, qu'il n'a pas oubliés depuis quinze ans et qu'il ne veut pas perdre, car, dans ce sens-là, il a de l'ordre, et c'est même la seule manière dont il en a! Oui, je le disais : *Marius!* mais ce doit être quelque chose comme la République! Un tel sujet, le premier des sujets, le sujet sacré pour M. Victor Hugo, aura, sans doute, retendu cette fibre d'airain que le chantre de Napoléon avait dans le talent autrefois et qu'il a trop ramollie, en la trempant dans la tèterelle des petites filles.

M. Hugo n'est immobile en rien. C'est le cheval de Job, qui dit : « Allons! » toujours, et qui se retourne de tête à queue. Il sait se retourner. Il a la mobilité du talent, comme il a celle des opinions. Il disait bien, en 1848 et même quelque temps après : « Je ne suis pas républicain, parce que cela m'est fort égal que M. Ledru-Rollin paie ses dettes (*sic*) »; et depuis, cependant, vous savez s'il a et comme il a confessé la République! Aujourd'hui, en étoilant de ce nom romain de Marius la troisième partie d'un livre qui a la prétention de nous faire voir tous les *quatrièmes dessous* du dix-neuvième siècle, il me semblait qu'il allait s'occuper de ce qu'il adore. Je croyais (et je l'aurais voulu) qu'il allait nous donner son idéal politique dans son idéal littéraire. Et puisque l'époque de ses *Misérables* est le temps de la Restauration, il pouvait au moins nous ouvrir ces souterrains où la Révolution s'est trente ans tapie, ventre à terre, et nous peindre ces ventes de *Carbonari*, si mystérieuses et si fameuses, qui furent, sous la Restauration et sous Louis-Philippe, les catacombes d'où est sortie la République!

Car, après tout, et de quelque opinion qu'on soit, c'était à peindre! C'était un sujet! Qu'on l'aimât, qu'on la haït ou qu'on la méprisât, la République, c'était un sujet qui convenait à tous les pinceaux, pour peu qu'ils fussent tenus par une main inspirée! Qu'on fût Michel-Ange, l'Extra-Humain, ou seulement Hogarth, ce génie cruel de la dérision de la vie, il y avait là pour le talent d'un homme qui intitule son œuvre les *Misérables*, il y avait dans cette fresque d'un siècle où toutes les misères, toutes les compressions, tous les soulèvements d'énergie, tous les envenimements sociaux doivent apparaître pour que le titre du livre ne soit pas un mensonge de l'impuissance, un côté, un pan magnifique que je n'ai pas trouvé et qui peut-être restera vide... C'est là la question aujourd'hui!

N'aurons-nous donc pas dans les *Misérables*, dans le

Jugement dernier de M. Hugo, le côté des *Misérables* politiques, de ces espèces de damnés en révolte contre l'Enfer social, puisque pour eux et pour M. Hugo, la société est un enfer? Cela nous manquera-t-il comme le prêtre au dix-neuvième siècle, le prêtre tenté ou terrassé, ou transformé par la Science, brûlant son symbole ou brûlé encore par son symbole, grande figure convulsive dont un grand peintre nous aurait donné l'idéal et dont Lamennais fut la réalité; le prêtre renégat, héroïquement renégat avec des vertus nouvelles qui soufflètent ces pauvres petites vertus chrétiennes sur lesquelles le monde a vécu et que M. Victor Hugo a remplacées par celles de ce dévoyé de bonté larmoyante et cocasse, son évêque Bienvenu!... Toujours est-il que *Marius*, sur qui je comptais, *Marius* n'a rien de la figure de son terrible nom. Pourquoi l'appeler Marius? M. Hugo aurait tout aussi bien pu l'appeler Jocrisse, s'il avait été moins sentimental et plus gai!

En effet, Marius, ce trompeur de Marius, n'est que le jeune premier des *Misérables*. Fidèle à notre plan d'analyse qui met l'œuvre sous les yeux du lecteur avant le jugement définitif que la Critique doit en porter — et qu'elle en portera, soyez-en sûrs! — nous allons vous dire l'histoire de Marius, qui n'est presque pas son histoire, car ce singulier héros de roman est de tous les personnages celui qui est le moins *le héros* de la partie du livre, timbrée de son nom. Valjean y tient plus de place que lui, dans cette troisième partie, et Javert aussi, et Thénardier et même Cosette, Cosette qui n'a plus dix ans, mais qui a atteint l'âge des héroïnes ordinaires. Nous l'avons vu déjà, ce qui caractérise M. Hugo, le peintre des forçats vertueux et des évêques demandant à deux genoux la bénédiction des régicides, c'est le mépris le plus brutal et le plus inconscient de la vérité et de la nature humaine. Pour ce grand faiseur de maquettes, pour ce montreur de marionnettes monstres, il n'y a pas, il n'y a jamais eu véritablement de nature humaine. Mais de tous les personnages de cire de son cabinet de Curtius littéraire, le plus cire est incontestablement ce Marius. Curtius! Marius! Voilà donc seulement tout ce que nous rappellera aujourd'hui la République, dans ce grand talent républicain!!!

II.

D'abord le roman de *Marius* ne commence point par Marius, et la Critique n'aurait rien à dire d'une chose si simple, personne n'étant tenu de faire paraître le héros de son drame ou de son roman dès le lever de son rideau et les premières pages de son livre, si M. Hugo ne manquait pas à la loi qui est de rigueur pour tout le monde, et qui veut que dès le *commencement* d'une œuvre, l'*action* de cette œuvre *commence*, en d'autres termes, que le premier terme du syllogisme, — car toute composition n'est au fond qu'un syllogisme, — soit posé. Cette loi du bon sens, cette loi élémentaire de toute composition, et qu'un enfant comprendrait, M. Hugo se croit au-dessus d'elle! Il l'a violée dans sa *Cosette* avec sa bataille de Waterloo, dont le roman ne sort pas plus que la bataille n'entre dans le roman, et il la reviole à nouveau dans *Marius*, qui n'est pas un gamin de Paris, et qui s'ouvre par une dissertation sur les gamins de Paris, laquelle vous fait dire : «Où allons-nous, où sommes-nous!» pendant soixante pages. Pitoyables conséquences de la manière de travailler du célèbre auteur des *Misérables*, qui tient elle-même à une indigence de son esprit.

M. Victor Hugo ne compose jamais. Il rapporte et applique des morceaux à d'autres morceaux qu'il joint ensemble comme on joint des choses matérielles. C'est un parqueteur, et encore ne cogne-t-il pas toujours juste les feuilles de ses parquets! Le gamin de Paris qu'il *rapporte* aujourd'hui à son roman est une de ces vieilles *physiologies*, qui étaient de mode il y a quelques années, et qui pourrait bien n'être qu'un article du *Diable à Paris*, que M. Hetzel n'aurait pas publié. Après avoir dans ce morceau, plaqué à son œuvre, brassé toutes les généralités connues sur le gamin de Paris, M. Hugo nous en invente un qu'il appelle Gavroche, puis, il le plante là en sautant par-dessus, pour revenir à ce gamin, à la fin du roman, par un saut du même genre, et enfin... il arrive à *Marius*, qui pouvait, sans rien perdre de ce qui le fait *Marius*, commencer à la première page du volume, autant et mieux qu'à la page soixante et un.

Marius est le fils de cet officier de cuirassiers blessé à Waterloo, et qu'un soir Thénardier dépouilla après l'avoir tiré du tas de morts sous lequel il aurait étouffé, et qui, de reconnaissance, quoiqu'il vit bien, cet officier, qu'il avait affaire à un affreux goujat qui le volait, lui donna sa montre et conduisit lui-même les mains de son voleur dans ses poches... comme l'évêque Bienvenu donna à Valjean les flambeaux, après qu'il eut volé les couverts... Sauvé de la mort par le hasard de ce vol, Georges Pontmercy, qui guérit de ses blessures et est resté fidèle à la mémoire de cet Empereur, que ceux qui l'ont servi et même trahi n'ont jamais pu oublier, est, comme tant d'officiers, après le désastre de Waterloo, revenu vivre en province, emportant sur son noble cœur, le poids d'une jeunesse et d'un héroïsme inutiles avec les morceaux de son bâton de maréchal brisé. Georges Pontmercy s'est marié ; il a perdu sa femme, mais il a eu d'elle un fils dont il s'est séparé... par amour, comme Fantine, de sa fille Cosette. Être heureux d'être volé, combler de dons le voleur, se séparer par amour de ses enfants, parce qu'on les adore, telle est la nature de M. Hugo.

Le beau-père de Georges Pontmercy, un ultra de la Restauration, furieux du mariage de sa fille avec un *brigand de la Loire*, a menacé de déshériter le petit Marius, si son père le gardait et si on ne le donnait pas à lui, son grand-père, pour l'élever. Devant cette menace, qu'une âme bourgeoise eût cédé, par amour, à la façon des bourgeois, qui ne voient le bonheur qu'à travers l'argent, je ne m'en étonnerais pas ; ce ne serait pas faux : ce serait commun. Mais que Georges Pontmercy, un héros, qui, du temps de saint Louis, serait tombé à la Massoure, comme du temps de Napoléon, il est tombé à Waterloo ; une âme au niveau de la grandeur de tous les temps, un de ces adorables soldats français qui savent jouer avec la misère et qui ont toujours un éclat de rire à son service ; mais que Georges Pontmercy, qui s'est consolé de la ruine d'un Empire que ceux qui l'ont fait portaient en eux comme on y porte son propre cœur, et qui s'est consolé en écussonnant des roses avec ses mains blessées, oh! qu'un pareil homme préfère la fortune pour son fils à la présence de son fils, au devoir et au bonheur d'élever son fils, je dis que cela est impossible. Cela n'est plus commun : cela est faux!

L'enfant est donc élevé, sans se douter seulement qu'il ait un père dans la maison de M. Gillenormand, son grand'père, mélange du *Bourru bienfaisant* et du *Tyran domestique,* mais sans la finesse de Goldoni et la platitude de Duval. Ce tyran domestique serait même une figure vraie et amusante, si les nuances y étaient. Les nuances, nécessaires à la vie, M. Victor Hugo, ce peintre en éblouissements, ne les connaît pas. Il faut plus que de la couleur pour qu'un homme vive, M. Gillenormand n'est qu'une de ces momies montées par M. Victor Hugo sur de bons ressorts qui jouent bien, mais qui craquent trop en jouant. L'huile, cette insinuante, n'a jamais pénétré dans les mécaniques de M. Victor Hugo. M. Gillenormand habite Paris, Georges Pontmercy une petite ville de province qu'il quitte de temps en temps pour voir son fils écoutant la messe avec sa tante à Saint-Sulpice. Là, il pleure derrière son pilier, au lieu de bondir sur son enfant, ce lion, qui a donc désappris l'action, en empotant et en dépotant ses fleurs! Il pleure derrière un pilier, c'est ainsi qu'il apaise sa faim paternelle! M. Hugo l'appelle, il est vrai, un agneau. Mais cela est agnelet! M. Hugo met par trop de laine à son lion.

Il n'y a qu'à la mort et se sentant mourir, que Pontmercy a le courage d'être père. Il écrit à son fils, qui arrive trop tard voir son père inconnu qu'il trouve mort, ce qui est pour ce fils l'occasion d'une vilaine petite comédie. Pour faire croire qu'il est ému devant le cadavre de son père, Marius *calcule* de laisser tomber son chapeau. Geste misérablement théâtral ! M. Hugo, ce connaisseur en vrai, a cru ce détail vrai, parce qu'il était petit et odieux ; et il a déshonoré son Marius. Mais si Marius est le cœur droit pour lequel il nous est donné, c'est une impossibilité de plus, à ajouter aux autres impossibilités de ce livre d'impossibilités ! Hors les monstres, je n'ai jamais connu dans l'histoire que le cardinal de Retz, lequel n'était pas tout à fait un monstre, mais était pourtant un magot affreux, qui fût un hypocrite à dix-huit ans.

Du reste, ce honteux et inutile détail est une conséquence encore de cette manière de travailler de M. Hugo dont j'ai parlé déjà, et que je connais d'après son œuvre, car toute œuvre d'art renferme, pour qui sait les en dégager, tous les procédés de l'artiste qui l'a créée. Pour frapper plus fort, pour tomber de plus haut, pour étonner davantage son public, M. Hugo se rejette et se recule jusqu'aux dernières limites de l'extravagance. Il a cru que Marius, avant d'adorer son père, *aurait l'air* de l'adorer mieux, une fois qu'il se mettrait à l'adorer, s'il passait par ce trait odieux. C'est là une de ces antithèses d'action que M. Hugo recherche autant que les antithèses de parole. Après cela, Marius n'a plus qu'à aimer son père immensément; et comme un marguillier de Saint-Sulpice lui raconte l'histoire du pilier et des larmes du vieux soldat, la réaction s'établit violente dans l'âme de Marius, qui se met à lire les batailles de l'Empire pour y trouver son père, et qui, du même coup, s'enflamme également pour son père et pour l'Empereur.

Par respect pour l'un et pour l'autre, ce Marius élevé par M. Gillenormand pour être simplement avocat, fait graver sur ses cartes le titre de baron que l'Empereur donna à son père sur le champ de bataille de Waterloo. Vous pouvez juger de la colère et de la moquerie du vieux bourgeois, têtu et royaliste, et qui a de la gueule dans l'esprit, une gueule redoutable ! Il gouaille tellement son baron de petit-fils, qu'il le pousse à bout et lui fait dire son petit mot à la Cambronne, moins héroïque que l'autre, mais qui est cependant aussi Cambronne qu'il peut : « Votre Louis XVIII est un COCHON ! »

Elégance des élégances! Atticisme des atticismes ! Le jeune Marius, sur ce mot éloquent, sort chassé de la maison de son aïeul et tombe (c'est le mot) d'un cabriolet, avec sa malle, à la porte d'un café d'étudiants. C'est la seconde fois que les étudiants reviennent dans les *Misérables*. La première fois, vous vous en souvenez, ils n'ont pas été très-spirituels. Si jamais, pour la manière dont M. Hugo les a peints, les Etudiants de l'Université de Paris lui font une popularité, il faut avouer qu'ils seront fièrement généreux. La seconde fois... ah ! c'est ici que j'attendais la République, les sociétés secrètes, les conspirations, quelque chose qui aurait effacé, pour l'énergie et la beauté sombre, la *Venise sauvée* d'Otway, mais c'était une rêverie ! On n'a ici que trois ou quatre silhouettes d'étudiants, collées à la muraille, car ils n'agissent pas; seulement ils parlent. Ils parlent de Napoléon et de la liberté, entre des milliers de gros calembourgs, le calembourg étant à la gaîté de M. Hugo ce que l'antithèse est à son sérieux; et Marius, au lieu de tourner à la politique, ce Marius qui n'exterminera jamais de Cimbres, tourne gentiment à l'amour!

III.

Un jour, quand nous en aurons fini avec ces religieuses analyses, nécessaires pour faire comprendre un livre sacré par les badauds, comme l'épopée du dix-neuvième siècle, nous en finirons de même avec tous les mérites prétendus de M. Hugo, qu'on fait trop peser sur nos têtes. Nous le prendrons dans toutes les chimères de sa puissance. . Mais, dès aujourd'hui, nous pouvons très-bien dire qu'un des mérites de ce grand homme n'est, certes, pas de peindre l'amour. Il le veut cependant dans ce livre des *Misérables*, et il veut le peindre, cet amour qui, comme le ciel et l'océan, a tant de teintes sombres et vermeilles, il veut le peindre dans son bleu le plus éthéré et le plus pur. M. Victor Hugo daigne condescendre à être le Corrége pendant quelques moments, pour remonter après dans le triangle de feu de son fulminant génie. Et pour être le Corrége, pour réaliser ce chef-d'œuvre de l'amour dans ce qu'il a de plus virginalement ardent et timide et de plus humblement divin, il dresse devant nous son petit bonhomme de Marius, qui a la gravité d'un doctrinaire et la belle gaucherie d'un homme orgueilleux et mal mis.

Vous vous doutez bien que nous arrivons à Cosette. Elle était laide. Elle ne l'est plus. Elle est charmante. Mais je vous défie bien de dire comme elle l'est. Tourbillon de couleur qui emporte tout, M. Hugo n'a pas le don de vous graver dans l'âme une figure nette, une personnalité de beauté arrêtée que désormais on n'oubliera plus. Cosette se promène au Luxembourg avec Valjean, que Marius prend naturellement pour son père, Valjean qui n'a plus sa redingote jaune, mais une redingote bleue fort propre, et Marius, au premier coup d'œil, devient amoureux de Cosette. Alors nous avons, redétaillée à neuf mais sans nouveauté, la vieille histoire des amoureux qui se regardent, et qui ne demandent qu'à revenir et à rajeunir, et à être jolie, cette vieille histoire, sous les pinceaux qui ont de la grâce et qui savent peindre les célestes premières gaucheries des cœurs sincères. Hélas! ce n'est pas M. Hugo! Voici à lui, pour son genre de grâce. Marius a trouvé un mouchoir sur le banc où s'est assise Cosette. Tous les amoureux trouvent des mouchoirs. Comme tous les amoureux, il le baise, ce mouchoir, avec frénésie. Il le met sur son cœur, sur son front, sur ses yeux.

Mais M. Hugo, qui fait malgré lui des caricatures de tout ce qu'il touche, nous apprend, toujours par amour de la grande vérité, que ce mouchoir idolâtré, n'est pas celui de Cosette, mais de Valjean, illusion délicieuse! le mouchoir dans lequel le vieux forçat, devenu jardinier, s'est mouché!

Cependant les pantomimes silencieuses du jeune Marius dans le jardin du Luxembourg inquiètent Valjean, qui ne revient plus... Et voilà que le Corrége des premières amours s'évapore, et que M. Hugo redevient le Hugo Porte-Saint-Martin, qu'il sera probablement toujours ! Marius, vous ne l'avez pas oublié, est très-pauvre. Stoïque dans son orgueil et dans son amour pour son père, également blessés, il a refusé l'argent de M. Gillenormand, son grand-père. Il est fier et pauvre, et j'aimerais assez cela, s'il était spirituel et de bonne humeur, mais c'est un niais grave, je l'ai dit, un Jocrisse, un Jocrisse puritain, que ce Marius. Or, précisément parce qu'il est pauvre, il a pris un logement dans le chantier que nous avons vu dans *Cosette*, et qui semble le trou de formicaleo, où doivent tomber tous, les uns après les autres, les personnages des *Misérables*, comme les insectes dans le trou du formicaleo.

Marius, qui habite dans ce bouge, n'y habite pas seul. Il a pour voisins de chambre, une abominable famille, et ce sont les Thénardier, dévorés par la plus horrible des misères, des corruptions, des fureurs et des envies contre tout ce qui est riche et heureux; les Thénardier plus ogres qu'ils ne furent jamais ! Ils ont changé de nom. Ils ne s'appellent plus les Thénardier, mais les Jondrette. S'ils s'appelaient les Thénardier, le roman finirait, car Marius connaît le nom de Thénardier. Son père, dans un billet testamentaire, lui a écrit qu'un nommé Thénardier, l'avait arraché à la mort, et il lui a légué sa reconnaissance. Par parenthèse, le colonel Pontmercy est vraiment un peu trop reconnaissant pour le voleur qui, sans le vouloir, lui a sauvé la vie. Un soldat comme lui ne doit pas trouver qu'un tel service, rendu par un tel homme et dans de telles circonstances, soit de si grand prix.

Le Thénardier Jondrette, qui a fait banqueroute, comme cabaretier, est, de présent, bandit affilié à une société d'assassins et d'escarpes; mais comme les grands coups de main ne sont pas possibles tous les jours, il est aussi mendiant, joue le pauvre chargé de famille, demande l'aumône par lettres, et, à chaque fois qu'il écrit, fait un roman nouveau qu'il pourrait aussi, lui, intituler les *Misérables*. Marius, passant sur le boulevard, trouve une de ces lettres tombée de la poche d'une des immondes jeunes filles de Thénardier, — celle qui va porter les lettres à domicile, — et cette lettre est adressée au *Monsieur philanthrope*, qui ne peut être que Valjean. Cet incorrigible de philanthrope, qui s'appelle maintenant du nom de M. Le Blanc, va tous les dimanches à la messe de Saint-Jacques-du-Haut-Pas, et visite les pauvres accompagné de Cosette. C'est avec elle qu'il vient voir Jondrette.

Marius, ravi, aperçoit Cosette par un trou qu'il a fait dans son lambris, pour voir chez Thénardier. Le *Monsieur philanthrope* n'a pas sur lui, ce jour-là, tout l'argent qu'il faudrait pour soulager les affreuses misères étalées sous ses yeux. Il ne donne à Jondrette qu'un louis et sa redingote, — car c'est le roman des redingotes que ce roman, — mais il promet de revenir dans la soirée... Or, Thénardier Jondrette a reconnu Valjean et l'a fait reconnaître à sa femme; et, par son trou de lambris, Marius est encore témoin de l'épouvantable colère qu'a soulevée dans ces êtres atroces l'apparition de Valjean et de Cosette, riches, heureux, bienfaisants ! Ils résolvent, quand il va revenir, de le voler et de l'assassiner. Marius ne peut pas laisser massacrer le père de Cosette. Dans l'ignorance où il est de sa demeure, il court chez le commissaire de police, et comme toujours on voit poindre tout de très-loin dans ce roman maladroit, qui veut être une boîte à surprises, vous imaginez bien que l'homme qui remplacera, ce jour-là, le commissaire de police, sera l'inévitable Javert.

Javert est plus que jamais le magnifique artiste en police, qui n'a pas réussi dans *Cosette*, et il jouit d'avance, comme un grand artiste, de la dénonciation de Marius et de la capture qu'il va faire. Ses intelligences de police l'avertissent qu'il y aura là un guet-apens de premier ordre, et que les plus fameux bandits y seront convoqués par Jondrette. Il donne à Marius ses instructions et des pistolets. Javert cernera la maison dès que tous les brigands y seront entrés, mais il n'interviendra de haute lutte que sur le coup de pistolet de Marius, qui retourne prendre son poste d'observation derrière son lambris.

Valjean, ainsi qu'il l'a promis, revient à six heures, et pendant que Jondrette lui joue la plus ignoble comédie de remercîment et de reconnaissance, six escarpes, à la mine sinistre, entrent un par un dans le repaire de Jondrette, et la grande scène du guet-apens commence. Elle commence par les furies de Jondrette Thénardier contre le *millionnaire* qui lui a acheté Cosette et qui ne l'a eue que pour quinze cents francs, et ce souvenir monte Jondrette jusqu'à la plus épileptique des colères ! la colère qui a sous les pieds son ennemi et qui lui piétine le ventre et la figure avant de l'égorger ! Dans cette avalanche de reproches, d'injures, de fureurs, Marius apprend que l'ignoble scélérat qui parle est ce Thénardier qui a sauvé la vie à son père ; et l'anxiété et le scrupule et la reconnaissance de son père fondent sur Marius, une anxiété qui, certes ! n'a pas le droit d'exister une minute avec ce monstrueux scélérat que Marius a devant lui.

Mais M. Hugo se soucie bien de faire de son héros un imbécile d'esprit et de caractère ! Ce dont seulement il se soucie, c'est d'augmenter par l'anxiété et les indécisions de Marius les affres d'anxiété de ses lecteurs !

Elles sont grandes, en effet, ces anxiétés, et l'esprit a beau les insulter du haut de son mépris, il y a là un effet de terreur — matérielle, il est vrai, — que nous dédaignerions de nier dans cette scène, où l'on passe par tous les degrés d'un assassinat à huit assassins ! Valjean y montre une impassibilité, un bronze contre lequel tous les outrages, toutes les forces et toutes les tortures de ces huit assassins viennent se briser. Les détails de cette scène, d'un terrible purement physique, — le seul terrible que connaisse et dont soit capable ce grand Matérialiste, poète par là inférieur, — sont trop longs pour qu'on puisse les donner. La partie nerveuse et fauve de notre nature y halète, mais l'esprit, qui méprise ces faiblesses de la chair, finit par calmer tout, avec son mépris... Comme cette scène effroyable ne peut pas être éternelle, Javert, ennuyé de ne pas entendre le pistolet de ce benêt de Marius, apparaît avec tous ses hommes et ferme le piége sur tous ces loups. Valjean, qui sait que Javert est de quelque inconvénient pour lui, saute par la fenêtre et disparaît, et Javert, ce lynx, ne s'en aperçoit même pas !!!

IV.

Tel est *Marius*, à son tour. Tel est ce nouveau roman des *Misérables*. Je l'ai raconté comme les autres. Je l'ai dit, je les raconterai tous. Je les raconterai tous pour faire toucher du doigt les invraisemblances qui se lèvent de toutes parts du fond de cette création, tout à la fois extrêmement plate et excessivement compliquée, comme les vers sortent du cadavre qu'ils vont dévorer. Je ferai mettre la main dans cette plaie ; il n'y aura plus d'incrédule saint Thomas à M. Hugo. On croira à ce qu'il est, mais ce ne sera pas à sa divinité ! Si j'évoquais toutes les invraisemblances qui font des *Misérables* la plus grande absurdité contemporaine ; si je demandais, seulement pour cette dernière scène de *Marius*, que M. Victor Hugo croit sublime, pourquoi les sept bandits et la femme Thénardier, qui fait huit — car ce monstre est le plus hideux de ces hommes, — ne résistent pas à Javert, en voyant qu'ils sont traqués et perdus, et que leur seul espoir c'est la résistance ; si je demandais pourquoi ces bandits, inaccessibles à toute générosité, ne tuent pas Valjean, quand il a jeté le ciseau rougi à blanc dont il s'est armé, par la fenêtre ; si je demandais pourquoi le pistolet de Bigrenaille qui, du moins, ajuste Javert et veut le tuer, rate ; si je demandais... mais il faut s'arrêter. Je demande plutôt pardon d'être si long.

Mais, génie tombé ou préjugé toujours debout, M. Hugo vaut bien la peine qu'on parle de lui au long et à son aise. Il faut du temps et de la peine pour enlever un colosse — qui s'est brisé, et pour en nettoyer le chemin. Si ce fut seulement un colosse de fumée, il faut du temps et de la peine aussi pour, en soufflant, le dissiper. Nous ne manquerons pas à cette tâche. Le temps et la peine, nous l'y mettrons !

L'idylle de la rue Plumet et l'épopée de la rue Saint-Denis.

I.

C'est en avançant dans l'examen des *Misérables*, par M. Victor Hugo, qu'on s'aperçoit que le mode de publication choisi par lui, par ses amis, ou par ses éditeurs, est anti-littéraire et ne doit être regardé que comme une malheureuse rubrique de librairie. De deux choses l'une, en effet. Ou un ouvrage, en dix volumes, ne saurait s'imposer à l'attention publique, sans la fatiguer, et c'est alors une faute en art de faire un livre en dix volumes sur le même sujet et avec les mêmes personnages ; ou il peut y avoir des œuvres, et même des chefs-d'œuvre de cette longueur insolite, — et nous sommes de ceux qui croient que de telles créations inconnues jusqu'ici et dont l'idée semble avoir effrayé l'imagination humaine, peuvent être la gloire du dix-neuvième siècle, — mais alors il faudrait, pour première condition, en respecter l'unité souveraine, ne pas toucher pour la briser à cette unité d'effet et d'ensemble, et dérouler, d'une seule fois, sans rien craindre, la toile immense pour qu'on pût juger mieux du tableau. Or, c'est là ce que M. Hugo, qu'on donne pour un oseur, n'a pas osé...

M. Victor Hugo, qui tenait plus sans doute, en publiant les *Misérables*, à l'effet de bruit qu'à l'effet d'art, a morcelé mesquinement une œuvre dans laquelle il n'avait pas foi et il a publié son grand ouvrage *par livraisons*, comme disent les libraires, pour tenir plus longtemps l'opinion en éveil, et frapper sur elle plusieurs coups, au lieu du seul et du puissant qu'il fallait asséner! Hercule n'a cru ni à son bras ni à sa massue. Seulement, il est résulté de cette tactique de la faiblesse qui se sent, que M. Hugo, non content d'ennuyer son public, par lui-même, nous impose à nous autres ses critiques, la nécessité de redoubler, en parlant de lui, l'ennui qu'il inspire. C'est Shakspeare qui l'a dit, ce n'est pas nous! « Rien n'est ennuyeux comme un conte répété deux fois. » Si cela est vrai des contes que l'on fait, qu'est-ce que cela est des fautes qu'on fait dans des contes ?... Ce n'est pas deux fois, mais dix fois que M. Hugo répète les siennes. Nous sommes bien obligés de répéter nos condamnations.

Ainsi, par exemple, aujourd'hui — aujourd'hui que

la librairie, qui a la fièvre d'inquiétude de tout intérêt excité, a lâché tout ce qui restait du grand ouvrage qu'on avait voulu d'abord nous faire déguster, deux volumes par deux volumes, et qu'on s'est hâté de nous faire avaler, quatre à quatre, pour plus de sûreté, voilà que nous trouvons, dès les premières pages de ces derniers volumes, les mêmes défauts que nous avons reprochés aux volumes précédents. Nous les y trouvons reproduits identiquement, avec une monotonie désolante, et nous sommes hélas ! coûte que coûte, tenus de les noter. Ce n'est pas notre faute, à nous, si nous n'avons pas de neuf à vous offrir, même dans les fautes.

L'auteur des *Misérables* met dans les siennes plus que de l'entêtement, il y met de la régularité. Pour ceux qui se connaissent en littérature, M. Victor Hugo, malgré son romantisme extérieur, M. Hugo, le fils des circonstances et le chef officiel de l'Ecole romantique, est né le plus classique des hommes. On y a été trop pris ! C'est un classique peint en romantique, comme on peint le bois en fer et même en or. Il est même mieux que peint, il est enluminé ! Boileau l'avait deviné, ce lyrique artistement peigné en échevelé, lorsqu'il disait de l'ode que *son désordre est un effet de l'art.*

Quand il parle naturellement, M. Victor Hugo, quand geindre robuste de la langue française, il ne pétrit plus violemment les mots dans ses livres pour les faire lever en images, il parle à peu près comme M. Saint-Marc Girardin ou comme on se figure que devait parler feu Mollevaut, l'auteur du poëme *des Fleurs.* Il a une jolie petite rhétorique très-honnête et assez modérée.

Il n'y a point, je ne dirai pas une des œuvres de M. Hugo, mais une seule de ses phrases qu'il ne conçoive comme Le Nôtre concevait son jardin. Symétrique jusqu'au tic, symétrique jusque dans ses fautes, M. Victor Hugo devait être ici ce qu'il est partout et toujours, et il l'a été... C'est ce qui explique qu'il ait commencé sa livraison de l'*Idylle de la rue Plumet* (j'aime ce mot de *livraison* qui dit mieux la chose qu'un autre mot) comme il avait commencé sa livraison de *Cosette* et sa livraison de *Marius*, par ces surprises qui vous tombent sur l'esprit comme des tuiles vous tombent sur la tête.

Mais ne vous y trompez pas, la tuile d'aujourd'hui, ce portrait de Louis-Philippe, en soixante pages et en parapluie, qui ouvre si singulièrement la bucolique de la rue Plumet, comme le tapage de la bataille de Waterloo qui ouvre *Cosette*, comme cette grotesque apothéose-pantalonade du gamin de Paris qui ouvre *Marius*, tous ces hors-d'œuvres inutiles, superposés à l'action, qui hachent l'intérêt du récit et qui le dispersent, ne sont pas, comme on pourrait le croire des distractions d'esprit emporté, des saisissements par les cheveux d'une inspiration fougueuse et aveugle, des oublis momentanés et furieux du but de l'œuvre, dans l'ivresse que cause un détail. Non pas ! c'est tout simplement des choses voulues, réalisées à froid, mises vis-à-vis les unes des autres; espèces de pendants combinés, fautes réfléchies, impérieux besoins d'un esprit de fausse équerre, qui prend la symétrie superficielle pour l'ordre profond, et ne se croit plus dans le faux, quand il est dans la régularité !

Du reste, en admettant — ce que la Critique ne fera jamais, — la convenance d'un inerte portrait de soixante pages qui ne se fond d'aucune manière avec le roman sur lequel on le plaque, et qui peut s'en détacher, sans que le roman en souffre, comme on le détacherait d'un lambris, ce portrait de Louis-Philippe, plus reconnaissant que juste et qui n'effacera pas le terrible portrait des *Mémoires d'Outre-Tombe*, de Chateaubriand, ce portrait antithétique, académique, et qui ne sera trouvé éloquent qu'au *Journal des Débats*, aurait eu plus d'autorité sur l'opinion s'il avait été fait par M. Hugo sénateur de l'Empire et ministre de l'instruction publique sous Napoléon III. Mais écrit par M. Hugo, l'Olympio politique, qui se croit exilé parce qu'il ne veut pas revenir, qui sait ? il ne paraîtra peut-être que de la camaraderie d'exil entre deux Maisons souveraines, qui ont, chacune, leur prétendant, et toute cette tendresse ne fera pas pleurer.

II.

Mais les défauts de composition, tenant à une vue erronée de l'esprit, tout autant qu'à une pauvreté, n'existent pas que d'un roman à l'autre, dans ce roman collectif des *Misérables* ; ils existent à plus d'une place (nous l'avons montré) dans l'intérieur de chaque roman. Seulement il se trouve que plus on avance vers la fin de l'œuvre qu'on a voulu faire, plus ils se multiplient, et tellement qu'on se demande parfois si c'est une tâche physique que M. Hugo s'est donnée que ces dix volumes à remplir, puisque, pour les remplir, il se sert, sans discernement et sans choix, de tout ce qui lui tombe sous la main. Dans l'*Idylle de la rue Plumet* et l'*Epopée de la rue Saint-Denis*, le portrait de Louis-Philippe est entremêlé du catéchisme socialiste de M. Hugo, très-digne de la philosophie de ce poëte, et il est suivi de détails sur l'histoire du temps, pris à des rapports de police que je ne blâmerais pas M. Hugo d'avoir consultés — si réellement il les a consultés — et si, au lieu de les copier ou de les exprimer à la manière crue d'un journal, il leur insufflait la vie — la vie spéciale de son livre, — ce qu'il ne fait pas.

M. V. Hugo, qui n'est ni un Balzac, ni surtout un Walter Scott, pourra faire de l'histoire, à tort et à travers, dans un roman quelconque, mais ne créera jamais cette chose harmonieuse, difficile, manquée tant de fois par le talent lui-même, et que de désespoir de n'y pouvoir atteindre, on a fini par mépriser. Il ne fera jamais de roman historique. Il n'écrira jamais cette œuvre double où deux réalités doivent se fondre, au souffle d'un esprit puissant, pour exprimer la vie complète. M. V. Hugo, au lieu d'être un romancier, c'est-à-dire un conteur, qui montre des choses vivantes en cachant la main qui les montre, n'est, au moins dans ses *Misérables*, qu'un dissertateur et un prédicant. Poëte dramatique avarié, il tient bien moins à la conduite de sa pièce qu'à la morale de sa pièce. Il a ses raisons. Et ce n'est pas tout. Même en dehors de ces raisons politiques qui l'ont arraché au culte du Beau, cet enfant gâté d'un succès de trente ans se croit de force à tout se permettre, et quand il lui plaît de nous camper une dissertation sur un sujet, n'importe lequel, il nous la campe nonchalemment, comme Vert-Vert jurait, avec un sans-gêne qui, je lui en demande bien pardon, littérairement est une impertinence.

Prenez, par exemple, pour preuve de ce que je dis, sa dissertation sur l'argot que, d'ailleurs, je trouve très-bien faite, car M. Victor Hugo, qui a le génie des mots — et c'est même là tout son génie, — est bien mieux qu'un philologue savant, c'est un philologue intuitif. Partout ailleurs que là où elle est et particulièrement dans une préface, cette dissertation ferait fort bien, mais où elle est, elle est déplacée et de longueur indécente. Quand intéressé, et vivement, je l'avoue, par ce travail qui a des côtés très-lucides, très-ingénieux et très-profonds, mêlés à des erreurs d'histoire, l'auteur vous retire de là-dedans, en s'en retirant lui-même, vous ne savez plus où vous êtes. Vous avez une fois de plus perdu la piste, cent fois perdue, de ce roman des *Misérables*, qu'on ne peut comparer qu'à un collier, où il y a une ou deux perles fines, au milieu de cent verroteries, lesquelles perles et verroteries tombent et se perdent, tant le fil qui doit les fixer, est coupé et si coupé à tant de places, qu'on finit par ne plus retrouver même de fil !

III.

Une de ces perles (a-t-on dit) est l'amour de Marius et de Cosette, ce mystérieux et chaste amour qui fait à lui seul l'*Idylle de la rue Plumet*... Echappé, si on se le rappelle, en sautant par une fenêtre, à l'observation de Javert, Javert, ce redoutable espion qui, quand il le faut à M. Hugo, a les yeux retournés en dedans d'un métaphysicien, Jean Valjean a loué un petit pavillon isolé, abandonné, dont personne ne veut depuis des années, et c'est dans ce pavillon et dans ce jardin, placés à l'angle du boulevard, qu'après le portrait de Louis-Philippe, les rapports de police sur les sociétés secrètes, la vignette qui veut être satirique et *réaliste: d'Enjolras et de ses lieutenants*, au cabaret, toutes ces choses qui pendent sur le récit et peuvent en être déclouées sans qu'il y paraisse, nous finissons par découvrir cachés et vivant en sécurité, Valjean et Cosette... M. Hugo, qui n'est pas un poète naïf pour faire des idylles, mais qui est un poète après tout, un poète non pas simple, mais excessivement ingénieux et, qui tout homme de décadence qu'il soit, sent encore la nature, quand il la peint avec des couleurs artificielles, nous a fait une description de ce jardin de la rue Plumet, qui serait une des belles choses du livre, si cette description ne finissait pas par la balançoire panthéistique des *Contemplations !*

Depuis ces malheureuses *Contemplations*, le panthéisme et la métempsycose sont en train de tuer et d'enfoncer le talent réel de M. Hugo dans un ridicule sans fond (1). Quoiqu'il y ait en lui un Dorat colossal, quand il veut se donner les grâces de l'amour ou exprimer celles de la nature amoureuse, comme il y a aussi un de Bièvre énorme, mugissant d'effroyables calembours, quand il veut exprimer les grâces de l'esprit, nous

(1) Voir mon chapitre sur les *Contemplations* dans les *Œuvres et les hommes au dix-neuvième siècle,* 3e volume, *les Poètes*.

accepterions cependant encore M. Hugo, s'efforçant d'être ce qu'il n'est pas de génie, c'est-à-dire spirituel et tendre, parce que, sans tendresse et sans esprit, il n'en est pas moins le poète des *Orientales* et de la *Légende des siècles:* mais M. Hugo panthéiste et coulant dans la métempsycose, voilà, par exemple, ce qu'il est impossible d'admettre et ce que nous n'admettrons jamais!

Du reste, il ne dure pas longtemps, cet accès de panthéisme, qui nous gâte une charmante description, très-peu idyllique de simplicité, il est vrai, mais après tout charmante dans la manière très-travaillée et très-chargée de M. Hugo, un poète de renaissance! Le théâtre est bien préparé pour l'amour, et le romancier, si maladroit dans ses premières scènes entre les deux amants au Luxembourg, scènes si muettes et si platement vulgaires, relevées en grotesque par des illusions comme celles du mouchoir de Jean Valjean, le romancier infortuné doit être impatient de prendre sa revanche et de faire arriver Marius... Marius, après l'arrestation des Thénardier et le saut de M. Leblanc par la fenêtre, a perdu toute trace de Cosette, et certes un pareil dadais, comme dit Javert, très-bon juge de la valeur de ce jeune premier, que M. Hugo, dans ses entrailles de père, se contente d'appeler « un songeur, » ne serait pas capable de retrouver cette trace perdue, mais quelqu'un l'est pour lui, et c'est une des filles Thénardier, fauve enfant de la dégradation et de la misère, à laquelle Marius a inspiré sans le vouloir, une passion comme en ont ces sortes de filles et qui fait parfois d'elles de sublimes esclaves.

Pour *voir sourire M. Marius,* comme elle dit d'une façon assez touchante, cette fille jalouse, mais qui sait se donner le coup de couteau pour faire plaisir à l'homme qu'elle aime, indique à Marius la maison de Cosette; et c'est ainsi que nous entrons dans la première partie de ce nouveau roman, qui, comme tous les romans formant les *Misérables*, n'est qu'une suite de tableautins enragés, courant les uns après les autres, mais qui, au milieu de cette confusion, a deux grands compartiments plus distincts et moins mobiles, — l'amour de Cosette et de Marius qui est l'*Idylle de la rue Plumet*, et les barricades, qui sont l'*Epopée de la rue Saint-Denis*. Or, je demande pour l'instant à m'arrêter plus particulièrement sur l'idylle, parce que c'est la partie du livre qui a été le plus vantée par les admirateurs de M. V. Hugo.

IV.

Incontestablement, le besoin du niais nous tourmente. Le besoin du niais est dans l'esprit humain, mais vraiment, il faut qu'il y soit dans des proportions bien étranges pour que des gens d'esprit (et j'en sais plusieurs) trouvent délicieux, ici, — comme plus loin ils le trouveront héroïque, — ce Marius que nous connaissons déjà, et que M. Hugo, pour le rendre plus niais, a orné de poésie. les niais poétiques étant les plus grands. Nul. en effet, parmi les amoureux des romans célèbres, qui portent épanouie sur leurs fronts cette jolie fleur de la niaiserie, nécessaire peut-être pour que des amoureux réussissent et s'établissent dans les préférences de tous les cœurs, ni les Grandisson, ni les Saint-Preux, ni les Werther, ni les Oswald, écrasés tous par les héroïnes qu'ils adorent, ne peuvent être mis, une minute, en comparaison avec ce Marius que n'écrase pas Cosette, parce que Cosette n'est pas ce qu'on appelle une héroïne de roman, mais une petite fille qui a le bonheur d'être belle et qui n'apporte dans le sentiment de l'amour aucune espèce de personnalité.

Et prenez garde! je ne reproche point à M. Hugo de n'avoir pas donné de personnalité à Cosette, quoique la personnalité des femmes que nous aimons modifie puissamment l'amour que nous avons pour elles. Les meilleures femmes à aimer sont peut-être des êtres de cette nullité de Cosette, de ces espèces de *feuille de papier blanc* sensibles sur lesquelles nous pouvons écrire tout ce qui nous plaît. Haïdée est un être divin dans Byron, et elle n'est rien, non plus; rien que beauté, amour et innocence! Mais dans ce tête-à-tête de l'amour, que vous l'appeliez drame ou idylle, Cosette n'égale pas Marius, Marius n'égale pas Cosette, l'amour n'égale pas l'amour, il faut un mâle, il faut une personne qui soit deux! Quand cette personne n'y est pas, l'intérêt défaille, le rapport humain, hiérarchique, éternel entre l'homme et la femme, est violé, et je me détourne de ces amours qui s'équivalent, avec de la pitié pour l'une, mais pour l'autre, avec du mépris!

Eh bien! c'est là toute mon histoire! Voilà ce qui tue ou plutôt empêche d'exister à mes yeux cette *Idylle de la rue Plumet,* qui a touché beaucoup d'esprits par quelques détails heureux; surprise, pour le coup, agréable dans le fracas de ce livre faux ; voilà qui me ferme hermétiquement à l'émotion que me communiquerait certainement l'amour de Cosette, si Marius était vraiment un homme, s'il avait enfin soit une puissance, soit un charme, et, bien moins encore, si seulement il n'était pas, tout le long de ce roman des *Misérables*, toujours le même niais obstiné, gourmé, orgueilleux, disgracieux, cassant, invariablement et à la fois. Nous n'avons cité sur Marius que la moitié de l'opinion de Javert, qui se connaît en hommes, et qui l'appelle *un dadais* avec tant de justesse. Mais Javert a complété son opinion en doublant le dadais du pédant. Et de fait, c'en est un de la plus lourde espèce que le Daphnis empesé de la rue Plumet !

Voulez-vous en juger? La première fois et la seule fois qu'il écrit à Cosette, il a dix-huit ans et il aime; il est à l'âge de la vie et du cœur où l'on s'oublie le moins, où l'on a le plus besoin de dire *je*, et *tu* aussi, ce qui est une manière de dire *je* à la femme qu'on aime; il est à ce moment unique de dilatation brûlante où il semble que l'on couvrirait toute la création de son *moi*, eh bien, ce n'est pas une lettre personnelle qu'il écrit ! C'est, le croiriez-vous? quatorze feuillets d'aphorismes sur l'amour, partagés par des tirets ou par des chiffres, comme les *Maximes* de la Rochefoucault. Voilà ce que l'aimable jeune homme envoie à Cosette ! O Thomas Diafoirus ! Thomas Diafoirus offrait sa thèse à Angélique. C'est aussi une thèse, une thèse sur l'amour qu'offre Marius, car ils se ressemblent tous, ces pédants en *us !* Mais Molière voulait nous faire rire, et M. Hugo, plus comique que Molière, veut nous attendrir !...

Il n'y réussit pas, du moins pour mon compte. L'objection, la grande objection contre la partie du roman qui veut justifier ce titre prétentieux d'idylle que lui a donné M. Hugo, parce qu'on y fait l'amour dans un jardin, c'est Marius ! c'est, — comme dit son grand-père, M. Gillenormand, qui est sur son petit-fils de l'avis de Javert — c'est cet imbécile de Marius ! Il l'est tellement, ce sot emphatique, que, quand il a perdu sa Cosette par le fait du départ de Jean Valjean, lequel, un beau matin, laisse-là son pavillon de la rue Plumet, et que, sous l'empire de la douleur de l'avoir perdue et de l'impuissance de la retrouver ou de courir après, sans argent, il retourne chez son grand-père non pour lui demander franchement et rondement son aide dans les circonstances qui le désespèrent, mais la permission d'épouser Cosette, juste au moment où elle lui échappe, il ne voit absolument rien de la joie que son grand-père éprouve de son retour ! Il ne sent pas la bonté de ce vieux bonhomme, qui est assez visible pourtant, car M. Hugo peint gros toutes choses, et les sentiments fins lui sont inconnus ! Il ne comprend rien enfin à ce vieillard auprès duquel il a passé toute sa jeunesse, et avec qui, sous peine de stupidité complète, il devrait faire la part du temps, de la différence qu'il y a, d'une époque à une autre, entre les idées, les caractères et les langages ! Rogue puritain, qui pour un mot insignifiant dans la bouche d'un vieillard aussi léger que M. Gillenormand, arrive d'emblée à toutes les conséquences de l'ingratitude et du mauvais cœur !

Certes ! je n'hésite point à le déclarer : ce personnage de Marius, qui, au milieu de tous les personnages du grand roman de M. Hugo, lesquels sont impossibles, est possible, lui, comme la bêtise humaine ; ce Marius qui déshonore l'amour qu'il encadre dans le ridicule et la fausse dignité de sa personne, est la faute capitale, la faute sans rémission du livre de M. Hugo. Cette faute est en effet bien plus grave que l'absence radicale de composition sur laquelle j'ai tant insisté. Ici ce n'est plus l'ordre et l'art qui manquent ; c'est la vie même, c'est l'intérêt humain, c'est le fond du roman, c'est le héros. On n'est point un héros, parce qu'on est aimé d'une fillette. On n'est point un héros, parce que, désespéré d'ailleurs et sans ressource, on va aux barricades et qu'on s'y bat bravement, comme tant d'autres... Il faut davantage pour être le héros d'un roman français, surtout dans un temps qui a produit tous les héros, si variés et si complets, de la *Comédie humaine* et des caractères trouvés et trempés comme ceux de Fabrice et de Julien Sorel, dans la *Chartreuse de Parme* et le *Rouge et le Noir*.

M. Hugo n'a point l'intuition de tels caractères. Il ne va pas à ces profondeurs de la nature humaine. Lui qui n'a point dans le style, la moindre simplicité, qui, dans la trame de ses romans brouille les fils, complique tout, recherche les énormes effets du mélodrame, M. Hugo, chose étrange ! ne peut peindre, dans la nature humaine que le simple — mais ce simple qui se rapproche trop du sot pour être le grand ! Dans ce genre de simple-là, voyez ! quand il réussit, il fait Enjolras, son chef de barricades ; Enjolras qui ne lui a pas coûté grand'peine, car il l'a trouvé tout fait dans l'histoire et il l'a transporté dans son roman ! Enjolras, c'est Saint-Just, rien de plus ! Surface sans profondeur, mais précise; faux système dans une froide statue; être étroit, fanatique, tout d'une pièce, idéalement absurde ou absurdement idéal; en définitive aussi aveugle, aussi fatal que s'il était une bête, tel est Enjolras. Seulement imbécile pour imbécile, je l'aime encore mieux que Marius !

V.

Je reviendrai sur cet Enjolras. J'y reviendrai quand j'aborderai cette partie du roman (l'*Epopée de la rue Saint-Denis*) que j'ai laissée dans l'ombre, parce qu'elle appartient étroitement à la dernière livraison des *Misérables* et qu'il faut être aussi dévoré que l'est M. Hugo du besoin de faire des antithèses et des oppositions, même dans ses titres, pour l'avoir scindée et mise à cheval sur deux livraisons. L'épopée de la rue Saint-Denis n'est pas finie avec le roman qui porte ce titre. L'auteur, ce sauteur..... de récit, nous laisse en pleine barricade, plus indifférent que jamais, parce qu'il est plus fatigué, à la logique de son action et à la génération des événements qui devraient être la vie de son livre, — la vie organisée.

Comme les chevaux qui ont longtemps couru et qui, au retour et vers le soir, sentent l'écurie et se précipitent, sans être arrêtés par les rênes tombées ou même par le cavalier qui tombe, le roman de M. Hugo va vers sa fin à travers mille choses qui l'empêtrent ou qui n'étant plus rattachées les unes aux autres, par un lien quelconque, semblent dispenser la Critique de ces analyses qu'elle s'était d'abord imposées. Ainsi, par exemple, c'est la fille Thénardier qui, jalouse de Cosette, effraye Valjean par un avertissement menaçant et le fait quitter sa maison de la rue Plumet. C'est elle encore qui, Cosette partie, pousse Marius à la barricade en lui annonçant que ses amis l'y attendent. C'est elle enfin qui devient l'agent mystérieux et grossièrement visible du mélodrame en dix volumes de M. Hugo; et le rapport de cause à effet, dans l'intervention de cette fille Thénardier, je le vois encore, mais je ne le vois plus dans une foule d'autres faits qui deviennent de très-grosses portions de récit. Je ne le vois plus dans le vol de Valjean par Montparnasse, de Valjean qui paye encore là son voleur, pour n'en pas perdre l'habitude. Je ne le vois plus dans le Père Mabeuf et sa servante.

Je ne le vois même plus dans l'évasion de Thénardier, enfermé à la Force ; évasion combinée, je le sais, en vue d'un des derniers chapitres des *Misérables*, mais qui ne se raccorde à rien dans la partie du roman où elle est placée... Par parenthèse, cette évasion de Thénardier est pour M. Hugo ce qu'on appelle dans les Opéras, l'air de bravoure. Je suis sûr que les badauds pour lesquels il a écrit trouveront ce morceau un des plus étonnants du livre. Malheureusement cette évasion en rappelle une autre, tant ce livre des *Misérables* a pour destinée de rappeler partout des choses qui valent mieux et qui sont ailleurs ! C'est l'évasion de Fabrice dans la *Chartreuse de Parme*.

Stendhal a des manières de s'y prendre qui ne sont

pas celles de M. Hugo. Quand, embarrassé des difficultés de son récit, il se trouve pris, traquenardé par elles, il ne se contente pas de jeter le cri de M. Hugo : « Comment cela se fit-il ?... On ne le sait pas. On ne l'a jamais su. » Il montre lui, comment cela se pouvait et il fait un chef-d'œuvre de réalité et de difficulté tout ensemble. Mais M. Hugo se soucie bien de la réalité et des difficultés, à force d'art sagace et de combinaison, vaincues! Il dit piteusement : « On ne sait pas comment cela se fit : » mais nous savons ce qu'il fait, lui, quand il dit cela, et, par ma foi ! c'est trop facile ! !

Valjean.

I.

Enfin, nous voici à la cinquième et dernière partie des *Misérables*, laquelle, en y regardant bien, n'est que la quatrième interrompue. D'ordinaire, pour qu'un livre mérite ce nom de livre, il faut qu'il ait un commencement, un milieu et une fin. C'est élémentaire, mais M. Victor Hugo a changé tout cela. Dans l'*Epopée de la rue Saint-Denis*, qui, par parenthèse, est la rue de la Chanvrerie, M. Hugo s'est dispensé de cette fin, qui est une conclusion... et une nécessité pour les petites gens. Pour lui, pour ce dominateur, la fin d'un livre, c'est, quand il lui plaît, trois lettres au bas d'une page. Rien de plus. Seulement, rendons justice à la bienveillance des motifs de ce monarque des libraires.

Si M. Hugo, dans son roman de l'*Epopée*, nous a plantés là brusquement au milieu d'une barricade, c'est qu'aimable et bon prince avec la librairie, il a compati aux détresses d'un metteur en pages embarrassé.. C'est qu'avalanche de mots qui va toujours, il était, sans s'en apercevoir, arrivé au nombre de lignes exigé pour que la livraison eût son poids. Il avait excédé la grosseur voulue du paquet. Eh bien! talent souple et commode! il l'a diminué et il a resserré la ficelle. Manière supérieure d'entendre la littérature! Voilà pourquoi je me replierai aujourd'hui sur ces barricades, commencées dans la livraison précédente et qui continuent dans celle-ci, ne voulant rien laisser d'omis derrière moi et surtout voulant rester juste vis-à-vis de toutes les parties, — réussies ou manquées — de ces *Misérables*, qui sont bien moins ce qu'on peut appeler un livre qu'une hotte, vidée en tas, de toute espèce de littérature.

Et d'autant que les barricades, ce Waterloo républicain pour M. Hugo, le peintre de Louis-Philippe qui fait razzia de lecteurs dans toutes les opinions, les barricades devaient être, dans la pensée et le plan de l'auteur des *Misérables*, le vrai poëme épique, l'épique concentré de cette autre épopée plus vaste qui voulait embrasser tout le dix-neuvième siècle, mais qui, nous le voyons maintenant, a manqué à sa destination... Dégoûté, comme il l'est, des royautés qui l'ont pensionné d'abord et ensuite créé pair de France, M. Victor Hugo, le Rouget de Lisle de la *Marseillaise* de l'avenir, M. Hugo la grande lyre, un peu trop éolienne peut-être, mais après tout immortelle, puisqu'elle a résisté à tout ce qui eût cassé des girouettes; M. Hugo devait regarder les barricades comme le point culminant de son sujet, comme l'occasion décisive pour son genre de génie d'achever le grand coup du succès.

Les barricades! ce n'était plus, cela, la République dans ses catacombes, dans ces catacombes où j'ai déjà reproché à M. Hugo de n'avoir pas osé entrer. Ce n'était pas non plus la République passée par les armes, et tombant blessée dans le sang des Berthon et des sergents de la Rochelle. Ce n'était pas enfin la République, couvée par la conspiration éternelle, comme le Chaos par la Nuit, et engendrant de ces têtes sombres à tenter un peintre, le vieux Morey, le jeune Alibaud! Toutes Républiques, plus ou moins réalités ou fantômes, qui ont passé pourtant dans le dix-neuvième siècle! fiers sujets! mais moins aisés à peindre pour M. Hugo que la République dans la rue, que la République au tocsin, car de celle-là, il peut très-bien être le Quasimodo et sonner vigoureusement la cloche!

Oui, les barricades, action sublime à tous les points de vue actuels de l'auteur des *Misérables*, et très-dignes, par leur détail forcené et belliqueux, du talent que je n'ai pas contesté au peintre, plus bruyant que fidèle et clair, de la bataille de Waterloo, les barricades pouvaient être ici une de ces choses réussies dont j'aurais certes, tenu grand compte au romancier.... Jusqu'ici, en effet, je ne crois pas avoir oublié de noter les choses qui m'ont paru belles, quand il s'en rencontre dans la hottée de M. Hugo. Si, de hasard, j'en ai oublié quelques-unes, ç'a été parmi les mauvaises, trop nombreuses d'ailleurs pour qu'on puisse toutes les indiquer.

II.

Eh bien ! j'ai été cruellement surpris, car j'aime le talent pour le talent même. M. Hugo ne s'est pas élevé, comme je le croyais, au niveau de son sujet : les barricades. Il ne les a pas peintes de manière à racheter ce portrait de Louis-Philippe qui les précède, et que les républicains pourraient bien ne pas lui pardonner. Le bonapartisme du passé a porté plus de bonheur à M. Hugo que le républicanisme de l'heure présente. Ses barricades ne valent pas son Waterloo, du moins pour moi! Son Waterloo, avec le colossal mouvement de ses masses militaires, l'éblouissement de ses éclairs, le foudroiement de ses tonnerres, la vaste brume de ses fumées, son Waterloo, plus rêvé que vu, qui n'est probablement pas le Waterloo de l'histoire, et dont la confusion fait peut-être toute la grandeur, a la beauté de son vague même et l'émotion de cette ébranlante idée que c'est là Waterloo, tandis que dans les barricades, rien de pareil !

En ces photographies coloriées d'émeutes que nous avons tous vues et qui n'ont pas pour nous le lointain favorable de la perspective, le photographe (il l'est devenu !) sentant bien qu'il n'a plus sous la main un de ces immenses faits historiques assez grand pour passionner l'imagination humaine sans qu'on y ajoute d'inventions, se croit obligé d'ajouter les siennes à l'histoire, et les siennes, à cet esprit sans toute puissante fécondité, sont chétives, alors qu'elles ne sont pas grotesques. On le sait bien. C'est le grotesque, le grotesque pris par lui perpétuellement pour la comédie, et préféré parce qu'il est plus gros, qui a perdu tous les mélodrames de M. Hugo !

Aujourd'hui, dans celui qu'il nous fait dans une barricade, vous avez non pas une ou deux, mais un véritable entassement de choses grotesques, de ces choses que M. Victor Hugo, j'en suis très-sûr, croit shakespeariennes et qui tuent net le pathétique *naturel* d'une situation qui n'a besoin ni de génie, ni de talent pour être émouvante, car en France, on sera toujours, sous toute cocarde, touché d'une passion qui risque sa vie, un fusil à la main. Nous sommes, Dieu merci ! dans un pays où *Victoires et conquêtes* est et restera un beau livre, de par les faits seuls, et nonobstant les cuistres qui l'ont écrit. Et cependant malgré cette poésie, cette irrésistible poésie des faits militaires, le drame que M. Hugo veut maintenir sublime, est déshonoré par la foule des ridiculités qu'il y mêle. Il est impossible au pathétique d'y résister !

Voulez-vous que nous les comptions, ces ridiculités prodigieuses?... Il y a d'abord la saoûlerie de Grantaire (un des lieutenants d'Enjolras), qui s'enivre de bière et d'absinthe et dort *deux jours durant*, dans le bruit de la mitraille et sur le bord de la fenêtre de la maison attaquée, pour, quand tout est fini, sortir héros de cet état de porc et se faire fusiller avec Enjolras ! Il y a ensuite la mort du père Mabœuf, que toute la barricade croit un héros, et même un vieux représentant du peuple, ce qui est bien plus qu'un héros pour M. Hugo! et qui n'est, en somme, qu'un vieux bibliophile désespéré, lequel se fait tuer parce qu'il a mangé son dernier bouquin! Il y a de plus l'arrivée de Jean Valjean, précédé de son habit, dans la barricade, de Jean Valjean, qui ne vient pas pour se battre, mais pour faire de sa petite philanthropie ordinaire; qui donne non plus sa redingote bleue comme chez Thénardier, mais son habit de garde national, cet habit qui l'a précédé; héros, lui, du déboutonnement vertueux, toujours prêt à ôter ses chausses!

Il y a les discours d'Enjolras sur l'avenir, où il n'y aura plus d'événements, dit-il; sur l'abolition de la guerre, la fraternité, le bonheur et la lumière, genres de pastorales, emphatiquement imbéciles, que j'ai entendu traiter brutalement de *blagues* par les républicains eux-mêmes dans les clubs de 1848, et qu'ici ces mâcheurs de cartouches avalent aussi bêtement que des actionnaires gobent un discours de gérant! Il y a enfin (est-ce assez comme cela?) l'arrivée de Marius, de ce pleutre idyllique de la rue Plumet, qui veut mourir parce qu'il a perdu sa Cosette, et qui, si on est un héros parce qu'on veut mourir, est un héros dans un hébétement tel que l'héroïsme de Roland lui-même en serait diablement compromis!

Tels ils sont, ces républicains majestueux! De tous eux, morts ou vivants, Enjolras est le seul qui ne fasse pas rire, quand il ne se risque pas aux discours. Il a même deux très-beaux mouvements, cet Enjolras, quand, dictateur de par la force des circonstances et la force d'une âme qui fait équation avec elles, il tue Claquesous de sa propre main et condamne, *seul*, à mort l'espion Javert. Il est grand alors comme la fonction qu'il accomplit, et superbe, malgré M. Hugo, comme les deux choses que M. Hugo déteste et contre lesquelles il a fait son livre des *Misérables*, — la Justice terrible et l'Autorité.

Malheureusement cet Enjolras se ramollit presque aussitôt dans sa pleurnicherie humanitaire, et ne retrouve de grandeur vraie que quand il meurt fusillé, frappé de vingt balles, comme s'il n'en fallait pas moins pour le tuer !

III

Encore une fois, cet Enjolras, voilà le vrai héros du livre de M. Hugo ! Je me tiens à quatre, par moments, pour ne pas l'aimer... Beau comme un archange de ce ciel catholique auquel M. Hugo ne croit plus, mais auquel il n'a pas renoncé en littérature ; chaste comme une vierge du même ciel ; fait, je le sais, de souvenirs bibliques, chrétiens et grecs, par un poète qui a encore plus de mémoire que d'imagination, ce jeune homme, qui semble une jeune fille, — qui cache la force impassible d'un chef sous la gracilité de la jeunesse, et la fierté du commandement sous un front rose de pudeur, cet adolescent aux cheveux d'or, qui a de l'Achille et de l'Aristogiton, comme il a du Chérubin d'Eséchiel et du Michel, à l'épée flamboyante, de nos bannières, il faut, pour que je ne sois pas pris à l'aimer, que j'entende ses interminables harangues et que je pense qu'après tout il n'est qu'un Saint-Just, — un Saint-Just sans Robespierre !

Quoi qu'il en soit, toujours faut-il convenir qu'il anéantit, là où il est, ce Marius qui n'est venu périr que pour Cosette, comme le père Mabeuf pour son bouquin ! et qui n'y serait pas venu peut-être sans la fille Thénardier, sa jalouse, qui l'y a poussé ! Eponine Thénardier, c'est encore là, pour le dire en passant, une figure du roman que les admirateurs de M. Hugo ont beaucoup exaltée. M. Hugo ne l'a-t-il pas habillée en homme et fait mourir d'un coup de fusil destiné à Marius ? Vieille rengaine romanesque qui n'a jamais manqué son effet ! Moi j'aime mieux dans Byron la Gulnare du *Corsaire*, devenant le Kaled de *Lara*, que la drôlesse en blouse de M. Hugo ! Même beauté à part, je la trouve plus vraie... Cette Eponine Thénardier n'est pas, du reste, une idée nouvelle de M. Victor Hugo, c'est toujours l'idée fausse de toute sa vie, à savoir que l'amour, par cela seul qu'il est, s'empare indomptablement d'une âme abjecte, la transfigure et lui refait, sur place, une virginité :

« Et l'amour m'a refait une virginité ! »

Pour un moraliste de la force de M. Victor Hugo, la Thénardier, cette fille immonde d'escarpe, par cela seul qu'elle s'amourache de ce buste de coiffeur nommé Marius, devient une lionne de dévouement qui résiste à son père quand il veut pénétrer, pour voler et tuer, dans le pavillon de la rue Plumet, et qui défend, non pas Marius, ce que je comprendrais, mais Cosette, dont elle est jalouse, ce qui est incompréhensible d'effacement de soi.

Ce n'est pas une raison, parce qu'elle est très-abjecte, pour lui donner tant de sublimité ! C'est bien de faire beaucoup pour les abjects, ils méritent tant ! mais enfin il faut s'arrêter. Ils ne peuvent pas avoir tout ! On arriverait trop vite au faux ; car il y a deux manières d'arriver vite au faux : ou par l'idée d'abord, quand on pose que l'amour abolit en un clin d'œil les habitudes perverses de la vie et l'esclavage du vice dans nos cœurs ; ou ensuite par la nature humaine que l'on casse pour la tendre trop, comme la corde d'un violon. Or, ces deux manières d'arriver au faux, M. Hugo, toujours souverain, les a suprêmement toutes les deux !

IV.

Ainsi donc, pour nous résumer, ôtez l'intérêt des coups de fusil, très-vif chez nous, et voyez ce qui reste dans ce mélodrame de barricade où tout le monde meurt, — ce qui est commode, — excepté Javert, condamné à mort comme espion, et à qui Valjean chargé de l'exécuter, sauve la vie, et Marius qu'il rapporte chez son grand-père en passant à travers un égout. C'est un des plus beaux tours de force de Jean Valjean, le vieux infatigable clown, que son odyssée avec un blessé sur son dos, qu'il croit à peu près un cadavre, dans cet égout où il rencontre naturellement Thénardier, parce que ce sont, comme vous savez, des promenades où l'on rencontre beaucoup de monde que les égouts. Cet égout, d'ailleurs, a une double fin. Il ne serait pas tout à fait un hors-d'œuvre, si Jean Valjean ne faisait que le traverser : mais dans l'ambition effrénée de se montrer encyclopédique, M. Hugo veut nous prouver qu'il connaît parfaitement sa carte et son histoire des égouts de Paris, et il nous donne l'une et l'autre avec un détail... à asphyxier.

Sorti de là, d'où il ne sortirait jamais si Thénardier, poursuivi de son côté par Javert, n'avait pas une clef de la grille de l'égout dans sa poche, Valjean porte son blessé chez le grand-père Gillenormand, qui le soigne, le guérit de ses blessures, le marie à Cosette, dit mille *bêtises*, dans le sens bourgeois et dans le genre *dessus de porte Vatteau*, au mariage, et tout finirait comme un conte de fée ; « ils furent heureux et eurent beaucoup d'enfants, » n'était que Valjean, après le mariage de Marius et de Cosette, déclare confidentiellement à Marius qu'il ne peut plus vivre avec eux par la raison qu'il est... un forçat. Cet aveu, vous vous en doutez bien, ajoute une stupeur profonde au caractère très-soutenu de l'imbécillité de Marius, qui prend la déclaration de Jean Valjean au pied de la lettre et se met à croire que les six cent mille francs donnés par lui à Cosette, sont le fruit de toutes sortes de crimes. Il ne faut rien moins que les maladresses de ce scélérat de Thénardier, qui veut, comme on dit dans le langage de ces gens-là *faire chanter* Marius, pour ouvrir les yeux de ce pénétrant avocat (car il reste avocat, le baron Pontmercy !) sur les grandeurs immenses de Jean Valjean. Seulement, quand il découvre toutes ces grandeurs cachées (et forcées) de l'*Honnête Criminel* dont M. Victor Hugo est le Fenouillot de Falbaire, le Saint du bagne est mourant et, pour plus de grandeur, il meurt sans prêtre ! Et nous, nous nous trouvons enfin sortis de ce roman des

Misérables, où il y a vraiment beaucoup de misérables et de misères, de choses ordes, puantes et désagréables... On en sort un peu comme Jean Valjean sort de son égout.

Et je n'exagère pas. Je trouve le mot bien dur, je voudrais l'atténuer, mais je ne puis. Je suis tenu à l'exactitude de la comparaison. D'ailleurs, pourquoi ne serais-je pas hardi avec M. Hugo, qui l'a bien été avec nous et qui, dans son livre des *Misérables*, à toute page, nous révolte ! Hélas ! c'est de cela qu'il me faut parler à présent... Il y a en dehors ou en dedans de ce roman des *Misérables* dont on ne sait guère où est le dedans et où est le dehors, une tendance de pensée si étrange, un ordre de préoccupation si particulier, qu'on s'étonnerait de les rencontrer partout, mais qu'on ne revient pas de les trouver sous la plume d'un poète qui ne parle que de lumière, de blancheur, d'azur et d'aurore, et qui même en parle un peu trop... Certainement l'amour de la réhabilitation chez un socialiste qui veut, avec son livre, réformer le monde, l'amour de la réhabilitation explique bien des choses. On veut faire accepter Louis-Philippe comme un saint Louis ou un Henri IV (il faudrait choisir) à l'opinion de son époque ; et c'est très-bien ! Mais on réhabilite le forçat, et pendant qu'on y est, on veut réhabiliter une chose mise trop bas jusqu'ici ; cette chose que la gloire de Cambronne est d'avoir nommée par son nom.

Voilà où en est arrivé M. Hugo ! Lorsque, dans le premier volume de *Cosette*, M. Hugo (personne ne l'a oublié et tout le monde en rit encore) ne se permit pas seulement l'audace d'une citation qu'il croyait historique, mais se plongea avec délices dans une dissertation sur la splendeur du mot fameux, qui n'a peut-être pas été prononcé, car, en ce moment, la question se discute, et il paraît qu'à Waterloo le sublime eût bien pu être propre ! nous prîmes cette incroyable dissertation pour un paradoxe d'un goût détestable, mais nous ne la prîmes point pour le signe d'une tendance d'esprit inouïe et que nous dussions retrouver plus tard. De cette bouffée de mauvais goût (croyons-nous) autant devait en emporter le vent, et c'est bien le vent qu'il faut dire ! Mais il paraît que nous nous trompions.

Aujourd'hui, dans le dernier volume des *Misérables*, nous trouvons une dissertation nouvelle, très-longue et très-compacte, où le grand écrivain, comme on dit, s'efforce de nous démontrer, à nous autres très-ignorants en ces matières, que ce qui fait la gloire de Cambronne pourrait faire la prospérité, la prospérité fabuleuse de la France ; et, sur ce sujet, sa préoccupation va si loin qu'il devient inconséquent, par amour de la vérité, à son admiration pour les égouts et les égouttiers, ces héros de la grande botte ! car les égouts nous privent, les malheureux ! de ce qu'il faudrait conserver. Cette dissertation, où les Chinois sont exaltés comme le peuple le plus sage et le plus civilisé de la terre, parce qu'ils gardent ce que nous perdons et qu'il n'est pas de petit bourgeois chinois, allant à la campagne passer deux jours chez un ami, qui n'ait une mystérieuse boîte avec lui (est-elle même mystérieuse ?) qu'il rapporte pleine à sa femme,

Il eut du buvetier emporté les serviettes
Plutôt que de rentrer au logis les mains nettes !
Et voilà comme on fait les bonnes maisons, va !

cette incroyable dissertation cause pourtant un peu d'inquiétude à M. Hugo. On me trouvera ridicule, peut-être, — dit-il, lui qui n'a pas ordinairement le sentiment du ridicule, mais il faut savoir se sacrifier à la science et à l'utilité ! Assurément, je ne discuterai pas la question utilitaire posée par M. Hugo avec tant de courage, je renvoie cette besogne au *Journal des Economistes*, mais critique littéraire, rendant compte d'une œuvre littéraire, je dis que toutes ces *Rabelaiseries* sérieuses sont insupportables. Et il y a pis que Rabelais sérieux. C'est Rabelais pédant. Rabelais, ce pied-de-chèvre de génie, ce Satyre de l'Esprit humain, à la bouche fendue pour ce rire prodigieux qui doit *éclaffer* le long des siècles, Rabelais fit un jour pour la physiologie ce que M. Victor Hugo vient de tenter pour l'économie politique, mais Rabelais riait. Il bouffonnait avec ce que je ne veux pas nommer, comme il bouffonnait avec tout.

Il nous faut cette gaîté furieuse, ces violences d'une animalité qui, dans ses emportements, s'élevait de la fange au génie, pour pardonner ses infamies à Rabelais. Mais M. Hugo n'est pas gai, lui ! Il ne se moque pas de tout et même il se respecte. Il croit fortement à ce qu'il dit. Il est convaincu. Il est grave. Il est le doctrinaire de sa chose. Lorsque Rabelais remue ses ordures, c'est comme Satan remue son feu avec une fourche lumineuse ! Mais M. Hugo est impardonnable, il n'a pas d'esprit. Il n'a pas cette faculté légère, cette flamme magique qui presque purifie, ce feu follet charmant qui peut courir sur des marais ! Talent qui fut robuste, il est spirituel comme Hercule. Seulement Hercule nettoya les étables d'Augias, M. Hugo y aurait ajouté...

V.

J'ai dit qu'il fut un talent robuste et on en ferait aisément l'anatomie. On montrerait la musculature, les articulations, la villosité, l'être entier de ce talent qui, tout fort qu'il fut, pourtant n'eut rien de sauvage, de naturellement terrible, de léonin, comme on l'a dit, et qui s'il est un lion, a sa crinière faite et un globe sous la patte, comme un lion d'Académie et de pendule, ce qui n'est l'habitude ni l'attitude des vrais lions ! Oui, il fut robuste : mais je le dis en face de ce roman des *Misérables*, analysé avec une longueur consciencieuse, il le fut, mais il ne l'est plus. Du moins, ne semble-t-il plus l'être, car il y vit sur sa force passée, et dans l'ordre intellectuel ce n'est pas comme dans l'ordre physique, où il suffit à la force de ne pas diminuer pour rester la même force. Dans l'ordre intellectuel, il faut, pour ne pas diminuer, que la force s'accroisse toujours.

M. Hugo des *Misérables* ne s'est pas accru. Il n'est pas un Hugo inattendu, qui s'est élevé, qui s'est mûri, qui s'est parachevé dans ses facultés, sous les expériences fécondes des années; il ne peut pas chanter comme le bel aigle vert des Chansons grecques : « Mon aile a grandi d'un empan. » C'est toujours le Hugo que nous connaissons. Dans les parties saines de ses *Misérables* (hélas ! il y en a bien peu) dans celles-là qu'ils disent le plus magnifiques, voyez s'il y a là un procédé, un seul, une manière, une seule manière d'inventer, de se produire, de s'exprimer, d'être soi, enfin, que vous ne retrouviez, par exemple, identiquement dans *Notre-*

Dame de Paris, et encore dans *Notre-Dame de Paris*, ils valaient mieux, ces procédés et ces manières, car c'était la première fois qu'on les y voyait !

Seules, quelques opinions philosophiques, champignons vénéneux et révolutionnaires, ont poussé dans cette tête, faite pour mieux que cela.

Mais laissons là l'homme politique ! L'artiste, le poète, l'homme dont le métier est de faire du beau, qui est une manière de faire du vrai, n'a pas changé. Vous pouvez lui en faire un mérite. Moi, je lui en fais un reproche. Sur le champ de bataille de l'esprit, c'est comme à la guerre : qui n'avance pas a reculé !

Et ceci, je le dis pour ce qui est réussi, pour ce qu'il y a de mieux dans les *Misérables*, pour la partie incontestablement supérieure, mais certes ! je ne le dis pas pour la partie du roman (à mon sens, la plus grande) où l'artiste, le poète, l'ancien maître, a tristement défailli. De ce côté, le Hugo inattendu, le Hugo nouveau n'a pas fait défaut. Ce que j'attendais, en effet, c'était un progrès ou une dégringolade, comme les vigoureux en font, quand ils dégringolent ; c'était une pousse de talent, soit dans un sens, soit dans un autre, — dans le sens du mal, comme dans les *Contemplations*, par exemple, où M. Hugo a *puissancialisé* tous les défauts de sa manière, bouffis, exagérés, déformants, devenus colossaux et monstrueux, si bien qu'on dirait qu'il va mourir d'une éléphantiasis de l'esprit ; ou dans le sens du bien, comme dans la *Légende des siècles*, où jamais il ne fut plus heureusement ce gigantesque sonneur de cor du Moyen Age que l'on appelle Victor Hugo !

Eh bien, ce que j'attendais, je ne l'ai point eu. Le talent de M. Hugo dans les *Misérables* a gardé un niveau moyen, sur lequel je ne comptais pas. A part les doctrines philosophiques et politiques dont M. Hugo s'est empoisonné, et encore l'homme qui avait écrit *Claude Gueux* n'avait pas déjà l'entendement si sain; à part toutes ces dissertations hors-d'œuvres qui mettent la composition en hachis et qui nous empêchent de juger combien l'organisme du livre est grêle, vous trouvez... quoi... en définitive? un petit roman, philosophique de but contre les pénalités religieuses et sociales, compliqué très-peu d'une intriguette vertueuse et d'un mariage avec une dot (la *Dot de Suzette*), orné de calembours et du contraste de deux papas, Jean Valjean, le papa infortuné et tendre, et M. Gillenormand, le papa heureux !

Voilà pourtant où littérairement aboutissent tous les tonnerres de Waterloo et toutes les fusillades des barricades ! à un roman presque tremblant de construction mal assise, où il y a, çà et là, quelques pages jolies et même modestes pour M. Hugo, et dans lesquelles l'ancien éléphant des *Contemplations* s'exerce à donner *le pied* avec grâce.

Véritablement je louerais un tel livre s'il était de M. Auguste Ricard ! (1)

(1) L'abaissement littéraire d'un livre ne diminue pas son danger moral et social. Il ne faut qu'un idiot et une allumette pour mettre le feu à une forêt. Je ne dis pas assez ! L'abaissement littéraire rend le danger plus grand. Il y a éternellement chance pour qu'un livre mal fait plaise plus qu'un chef-d'œuvre à ce grand peuple connaisseur, qui est autant dans les salons que dans la rue. Un chef-d'œuvre est toujours désagréable aux sots et voilà pourquoi, fût-il corrupteur, il le serait moins qu'une platitude. (*Note de l'auteur.*)

Les Mameloucks de M. Hugo.

I.

Les Mameloucks de M. Hugo! Ne vous y trompez pas. Ce n'est pas un livre nouveau de l'auteur des *Misérables* que je vous annonce. Moulu de la lecture des dix volumes qu'il vient de publier, vous pouvez vous reposer un peu. Mais du reste c'est bien plus original que les *Misérables*, ces Mamelouks qui en sont sortis! Je vous prie de croire que je suis très-sérieux. Quand, dans mon premier article sur le roman de M. Hugo, j'écrivais, sans penser à ce qui allait suivre, pour désigner quelques enthousiastes obstinés, à longue barbe de Burgrave et à fanatisme, recuit par les années, « les Mamelouks de M. Vacquerie, » je croyais seulement me permettre le pittoresque d'un mot innocent, appliquable à quelques personnes, faciles à compter. Eh bien! je me trompais. L'enthousiasme crée des armées, et même, dans un pays libre et chrétien, des armées de Mameloucks. *Combien sont-ils? Combien sont-ils?* dirait la chanson de Roland. Aujourd'hui, il ne s'agit plus de deux ou trois Roustans, galopant à la portière d'une voiture, mais de toute une masse de Roustans, organisée et qui manœuvre... Un jour en France, pour divertir le Grand Roi, la Comédie se fit turque. Nous eûmes M. Jourdain. Mais la Critique tout entière se faisant mameloucke à un jour donné, cela ne s'était pas encore vu en littérature!

Et à quel moment encore, un pareil spectacle!... Au moment où le poète des *Orientales* est revenu de l'Orient pour n'y plus retourner; au moment où, Napoléon de la poésie, comme dit le vieux mot consacré, il a abdiqué les choses impériales et a plumé lui-même son aigle poétique pour en faire la poule au pot des *Misérables* et du bouillon socialiste, distribué par un petit Manteau Bleu, autrement solennel que le premier! M. Victor Hugo devenu républicain et non pas républicain de la première heure, qui fut brutale, et dont j'estime après tout la brutalité, mais de la dernière, qui fait la tendre, M. Hugo, l'homme de paix et de douceur, espèce de quaker écœurant, a des Mameloucks comme un Sultan, pour son service particulier! Inconséquence inadmissible! Je conçois très-bien les montagnards de Sobrier, ces Mameloucks canaille, mais les Mameloucks littéraires de M. Hugo, franchement non! Il est vrai qu'ils n'ont ni aigrettes ni cimeterres, et que de têtes, ils n'en coupent pas!

Que font-ils donc? Je m'en vais vous le dire. Je veux, avant de finir ce travail d'examen sur les *Misérables*, écrire cette page curieuse de l'histoire littéraire, qui restera pour apprendre aux serviles de l'avenir comme, en l'an de grâce 1862, nous entendions l'indépendance!

II.

Les Mameloucks de M. Hugo sont, à ce qu'il paraît, disciplinés à l'européenne. L'Europe entend les nuances mieux que l'Asie, cette grossière, qui ne comprend que la servilité en bloc. Vous avez donc, dans les Mamelouks de M. Hugo, des compagnies d'élite et un centre. On y est plus ou moins Mamelouck. Ainsi vous y avez les Mameloucks du silence, qui ne sont pas les plus braves de la bande, mais qui se croient les plus fins. J'en ai déjà touché deux mots. Espèces de Muets du sérail, aux lèvres cachetées par le souvenir d'une intimité avec le Sultan, laquelle leur fut ce qu'est à l'insecte le rayon dans lequel il vit; et dans cet ordre des silencieux, il y a encore des catégories. Il y a les silencieux complets et les demi-silencieux, les silencieux qui ne disent absolument rien, comme M. Sainte-Beuve, et les demi-silencieux comme M. Cuvillier Fleury. (Est-ce M. Cuvillier Fleury ou M. Saint-Marc Girardin qui a fait un article sur les *Misérables* au *Journal des Débats?*)

... On pourrait aisément s'y tromper !

Les demi-silencieux qui, ayant dit un mot, ravalent tout le reste qui voulait venir, et, après un premier article, retirent la patte et n'en font plus! Ensuite il y a les hardis, qui n'ont pas honte de leur admiration et qui l'arborent, et qui jouent à M. Hugo leurs fanfares, imitées de sa propre musique, cette musique qui fut, dans le bon temps, une belle exécution de cuivres, mais que M. Hugo, ce maître de la trompette éclatante, ne doit plus reconnaître quand il la trouve exécutée par les clarinettes des faiseurs de *couacs* qui se disent de son régiment. Si, pour en avoir une idée, vous vouliez en entendre quelque peu, de cette agréable musique, prenez dans la *Réforme littéraire*, un article de M. Laurent Pichat. M. Laurent Pichat est le Père Canard de ces exécutants sur clarinette.

Ecoutez-le! M. Hugo, nous dit-il, « est un élément. » Ce n'est pas un homme... Il sait les mots qui sont » doués d'harmonies *stupéfiantes*... Victor Hugo (fami- » liarité qui est de M. Pichat, non de moi), Victor Hugo » aime la paix; il est l'ennemi de la peine de mort, » comme châtiment, mais il *l'admet comme prétexte* » *à lauriers*... C'est le saint Vincent de Paul des *ex-* » *ceptions!*... Il admet les circonstances atténuantes *en* » *faveur des puissants exceptionnels*... Il regarde *der-* » *rière* l'étoile... Il a agité l'abîme comme un Polyphème » et nous a *éclaboussés d'images phosphorescentes*, et » toujours il a conservé une tenue que l'on est TENTÉ » de prendre pour de la supériorité. » Immenses drôleries sérieuses, qui enfoncent d'Arlincourt et son galimatias *dans l'abîme de Polyphème*, *pour nous éclabousser des phrases* nouvelles de M. Laurent Pichat; mais, après tout, drôleries ingénues, exaltées, sincères, parfaitement loyales. M. Laurent Pichat pousse bravement dans son instrument, et, il faut lui rendre cette justice, il n'a pas peur de ce qui en sort!

Mais après lui, après les Mameloucks retentissants (trop), mais intrépides, il y a les Mamelouks enroués, glissants, insinuants, dangereux, lesquels, sur une question purement littéraire, font sournoisement de petits appels aux masses et veulent, sans avoir l'air d'y toucher, en attiser les passions contre une Critique qui ne croit pas aux masses en littérature, et qui maintient que le siècle des courtisaneries du Grand Roi ne peut être refait au profit d'un poète républicain, quand même il serait en espoir le Consul de la République ! Ceci est par trop Mamelouck, en vérité... Enfin il y a encore les Mameloucks, dont les vrais Mameloucks, les littéraires, ne voudraient pas pour les goujats de leur armée; qui barbouillent nuitamment d'injures les murs impassibles, et que M. Hugo, trop et mal servi par des cœurs bas, ferait châtier, s'il le pouvait, nous en sommes sûr, pour son honneur et celui de la littérature !

III.

Tels sont les Mameloucks de M. Victor Hugo. J'ai dit qu'ils étaient littéraires, et quelques-uns le sont, il est vrai, mais, allez, c'est le petit nombre, parmi eux ! Ce sont quelques jeunes gens, — aimables, puisqu'ils sont vrais, — qui ont été touchés, en raison même de leur jeunesse, par deux ou trois grandes qualités, brillantes comme des escarboucles, à travers tous les défauts et tous les vices du talent de M. Hugo ; mais un jour qui n'est pas éloigné, ces jeunes gens mûris, affermis par la vie et sûrs d'eux-mêmes, regarderont leur admiration d'aujourd'hui comme une fredaine de leur jeunesse ! Nous les attendons à trente ans ! Voilà la partie noble, mais égarée du succès de M. Hugo.

Le reste de ceux-là n'entend, à proprement parler,

rien à la littérature dans son désintéressement sincère, dans son amour exclusif de ce qui est beau. Prenez garde! il y a de faux frères littéraires, comme il y a de faux frères politiques... Sans la politique qui y gronde ou qui y prêche, le livre des *Misérables* de M. Hugo tomberait dans l'opinion juste au rang qu'il mérite, au niveau que doit avoir un livre décousu partout, et qui, les premières surprises traversées, disons-le, devient ennuyeux. La politique! la politique! voilà le vent qui a enlevé l'immense cerf-volant et l'a promené au haut des airs, aux yeux ravis de cette foule qui battait des mains! mais si le vent cessait de souffler, il tomberait tout à plat... Tenez, voulez-vous en faire le pari avec moi? Que les badauds à sentiment se laissent persuader cette vérité qu'on leur martelle en vain sur la tête, sans qu'elle y puisse entrer : c'est que M. Hugo n'est pas un exilé, que les finauds à ressentiment cessent de leur dire, aux badauds qui leur appartiennent, qu'il est un Dante malade d'une nostalgie patriotique, et qu'au lieu de *descendre le dur escalier de l'étranger*, il orne le sien ou sa salle à manger à Guernesey de statues qui ont coûté fort cher, le livre des *Misérables* s'interromprait d'être un chef-d'œuvre. Il passerait même à l'état de mauvais livre, si, par impossible, M. Hugo acceptait son pardon de l'Empire, offensé dans la personne de son chef.

Et ceci ne prouve rien, du reste, en faveur d'une opposition qui, en France, a la coquetterie de se dresser devant tout pouvoir constitué. C'est une des faiblesses de ce peuple-ci que les têtes les plus naturellement autoritaires aient un sentiment indéfinissable pour toutes les oppositions qu'elles devraient mépriser. Elles ont pour toutes ces oppositions la même faiblesse que Jules César avait pour Brutus. Sentiment dangereux qui a tué César et qui peut tuer tout pouvoir qui a la même faiblesse ! C'est encore là une des raisons à donner du succès de M. Hugo, parmi ceux qui, politiquement, sont ses ennemis. Cette influence inouïe de l'opposition contre tout gouvernement établi et même populaire, dans cette frondeuse de France, envahit jusqu'aux esprits purement littéraires. Que ne doit-elle pas être, par conséquent, sur les esprits qui ne sont nullement littéraires et qui auraient, je ne dis pas de l'indifférence pour le genre de talent de M. Hugo, mais de la haine, s'ils n'écoutaient que leurs instincts ?

Car, disons-le à la gloire d'un homme qui a trop peu fait pour sa gloire en faisant les *Misérables*, ce n'est pas un talent qui puisse naturellement plaire à la foule, — à cette foule dont on veut le faire l'esclave, en lui en offrant la royauté !

De talent, de tempérament intellectuel, d'éducation, de tout enfin, il était fait pour mériter la glorieuse impopularité des grands artistes. Il devait avoir pour tout ce qui n'est pas l'art et la beauté l'indifférence de Raphaël ou de Gœthe. Il était né pour déplaire à la foule, ce poète qui exagérait jusqu'au grandiose ; qui, à tort ou à raison, faisait l'effet d'avoir du génie, la plus mortelle injure aux esprits envieux qui sont la foule et qui sont aussi les régicides du génie ! La foule ! il la connaissait bien, et il a écrit sur elle ces deux vers qu'à présent, sans doute, il renie :

Le peuple met toujours, de ses mains dégradées,
Quelque chose de vil sur les grandes idées !

Je ne sache, pour ma part, qu'une espèce de foule qui pouvait l'aimer : c'était l'armée, la foule militaire! Ah! celle-là ! il avait été créé et mis au monde pour la peindre et pour la chanter! Elle retentissait à son talent comme à un magnifique cliquetis d'armes. Mais quel rapport de nature et d'instinct y avait-il entre les foules révolutionnaires des démocraties et cet esprit puissamment lettré, au langage incompréhensible pour elles, tant il était travaillé et savant! entre les foules et le lauréat de plusieurs pouvoirs successifs, fait pour l'être de tous, parce que tous doivent représenter à ses yeux les choses qu'il a le plus aimées, après lui-même : la force organisée, l'éclat, la pourpre, toutes les magnificences sociales où longtemps il est venu, comme l'abeille dans la lumière, boire et s'enivrer!

Ce talent, (ils ont dit que je voulais le rabaisser, ses Mameloucks actuels!) ce talent presque porphyrogénète, tant il est *né haut*, ce talent royal et impérial, qui a adoré les Bourbons, qui a adoré Napoléon, tout en le maudissant; ce poète des lis et de l'aigle, que Chateaubriand, le moins enthousiaste des hommes ne put s'empêcher, un jour, d'appeler l'*enfant du génie*; sur le front duquel, Mme de Staël avait, émue, posé ses nobles mains comme une couronne; ce talent, qui fut romantique non par l'impulsion première du génie, mais par un mépris réfléchi pour les vieilles écoles, respectées des bourgeois, est mille fois trop loin de la vulgarité pour être sympathique aux masses, qui ne se soucient du talent que quand il est vulgaire, comme elles! Si elles l'aiment maintenant, c'est donc qu'il l'est devenu!

Quand autrefois il écrivait ou faisait jouer *Hernani*,

Marion Delorme, *Lucrèce Borgia*, il était scandaleusement impopulaire. Les parterres le sifflaient, les vaudevillistes le chansonnaient; seules, toutes les aristocraties, l'en-haut social qu'il ne connaît plus, protestaient contre les parodies, les injures, les gros rires qui venaient d'en bas. Ah! dans ce temps-là, il combattait vaillamment contre les idées communes, mais il a fait les *Misérables*. Il s'est mis à combattre pour elles, et les idées communes lui ont pardonné!

Ainsi, tenons-nous-le pour dit! le succès des *Misérables*, obtenu en sacrifiant la question littéraire à la question politique, n'est au fond qu'un succès politique, déguisé sous une apparence de succès littéraire. Tous les Mamelоucks de la Critique ne changeront pas cette vérité! Si M. Hugo nous avait donné une création d'ordre purement humain et littéraire, en dehors des questions que les partis agitent comme des drapeaux, les esprits d'en bas n'auraient point passé par-dessus leur répugnance naturelle pour un homme dont la qualité fut d'être fier et de grand parage.

Les Marats anonymes de l'Envie auraient sifflé, au lieu de ramper; mais l'auteur des *Misérables* s'est détourné de la nature humaine et de la grande observation pour contempler la Révolution, autrefois insultée, à présent souveraine! et on l'a traité comme un noble qui a dérogé volontairement et foulé aux pieds l'honneur de son blason. Marquis de la Fayette littéraire, il a plu aux gardes nationaux de la République de l'avenir! On a, ma foi! accepté sans le chicaner ce poète, cet aristocrate de la pensée, qui ne parle en vers, comme tout poète, que pour se distinguer des autres! On est allé jusqu'à ne plus discuter... à ne plus vouloir qu'on discute... M. Hugo est devenu sacré. Les impartiaux de la Libre Pensée, qui se moquent de ce gueux de pape depuis des siècles, ont proclamé l'infaillibilité de l'auteur des *Misérables*. Nous n'avons jamais été pour Grégoire VII comme ils sont pour lui.

« Ce n'est pas un homme, c'est un élément, » a dit M. Laurent Pichat, le Mamelouck-clarinette. Jamais, nous, nous n'avons dit que nos papes fussent « des éléments! » Ce n'a pas été assez que d'être Mamelouck. Les Mameloucks sont devenus Derviches. Fanatiques à la manière de ces blouses des barrières qui eurent, il y a quelques années, le culte du Dieu Mapa, ils ont fait autour de leur idole et de son monument, les *Misérables*, toutes les cabrioles que faisaient autrefois les vieilles femmes autour du tombeau de leur diacre Pâris, et tout cela parce que la démagogie est heureuse d'avoir trouvé un grand clairon pour sonner sa diane; la démagogie, qui n'a jamais aimé les poëtes, — car le génie n'est pas égalitaire, — et qui, quand elle aura triomphé, fera très-bien trancher la tête à M. Hugo, comme elle l'a fait à André Chénier!

IV.

Et quand, — ce que nous osons espérer, — elle ne triompherait pas assez, la démagogie, pour faire expier à M. Victor Hugo cette popularité d'un jour qui, pour elle, toujours plus tard, devient un crime, l'honneur d'un tel succès paierait-il la dégradation du talent?

Encore si ce succès avait la durée qui fait illusion à des créatures éphémères qui, pour se coucher dans leur gloire, s'imaginent qu'elles peuvent s'y arranger pour l'éternité et qu'on ne les en arrachera jamais plus! Mais cette durée-là même manquera à M. Hugo. Que sera son livre des *Misérables*, je ne dis pas dans dix ans, mais seulement dans deux; seulement dans six mois?... Ses Mamelouks peuvent se monter la tête jusqu'au degré d'imagination le plus oriental; les libraires, eux, qui n'ont point cette faculté, en précipitant les dernières livraisons des *Misérables*, l'une sur l'autre, ont eu là un mouvement de prophète. Ils ont senti la *petite mort* qui passait sur le livre et sur leur échine de commerçants.

Les libraires, eux, ne sont jamais des Mameloucks, à pur fanatisme. Ils peuvent payer des prospectus et des réclames dans lesquels ils apprennent au monde ébahi qu'on fait la chaîne comme au feu, pour avoir un livre, le jour de sa vente, à la porte de leurs magasins, mais le boutiquier, animal froid, n'est jamais dupe de cette mamelouckerie de langage. Il se sait toujours un faux Turc, un Mamelouck plus ou moins de carnaval. Quand les Turcs (les vrais), qui raillent, à ce qu'il paraît, à leurs heures, donnent un coup de sabre ou un coup de pistolet, — dit le prince de Ligne, qui les avait pratiqués et qui même en avait reçu d'eux, — ils disent toujours : N'ayez pas peur!

Les libraires aussi, dans leur prospectus, disent : N'ayez pas peur, mais c'est à eux mêmes! mais ils n'ont pas pour cela l'esprit en repos! Après le premier beau coup de filet des *Misérables*, demandez à M. Pagnerre ce qu'il pense, la main sur la conscience, de l'avenir du livre de M. Hugo! (1) Demandez-lui s'il croit réellement que la lecture qu'on en fait ira toujours en augmentant... Il faut bien le dire : les livres forts et vrais ne font pas tant de tapage. Ils n'entrent pas, en faisant de tels cris et de tels renversements, dans l'imagination humaine. Ils s'y établissent comme la lumière dans nos yeux, — par le fait souverain et doux d'une beauté qui est en harmonie avec tout ce que nous avons en nous de facultés.

Prenez les œuvres de Balzac ! (cela ennuie beaucoup les Mameloucks de M. Hugo que je cite toujours Balzac, et je le conçois ; ils n'ont pas tort.) Prenez les œuvres de Balzac qui n'ont, même les plus belles, fait jamais le bruit des *Misérables* de M. Hugo, et voyez si, à mesure que le siècle s'avance vers la postérité, l'imagination publique s'en détache. Voyez si, au contraire, elles ne prennent pas chaque jour plus de place dans la sensation et l'éducation de l'esprit humain? En sera-t-il de même du livre actuel de M. Hugo, et qui oserait, même parmi ses Mameloucks les plus résolus et les plus crânes, mettre l'honneur de sa sagacité à l'affirmer?...

Du reste, M. Victor Hugo aurait-il lui-même le pressentiment du peu de durée de son succès des *Misérables*, cette magnifique omelette soufflée qui va tout à l'heure s'aplatir? On dit qu'il n'est pas, malgré les cris de victoire de ses Mameloucks, extrêmement gai en ce moment, M. Victor Hugo. L'un d'eux, le loustic du régiment, racontait l'autre jour, dans un journal, que le

(1) Voir ma préface.

Sultan se plaignait *là-bas* de ce que même ses amis ne jugeaient pas son livre comme il avait cru qu'ils le jugeraient : « ce livre, disait mélancoliquement ce Sultan déçu, devenu bonace et philanthrope, *entrepris pour rapprocher les frères qui souffrent des frères qui pensent !* » Que veut dire une pareille tristesse dans Olympio triomphant? Mahomet douterait-il de ses Seïdes ou de lui-même ? Et c'était bien la peine d'être les Mameloucks d'un pareil homme, pour s'entendre dire le mot retourné de Bonaparte :

Mameloucks, je ne suis pas content de vous !

FIN.

Paris, lib. — Mirecourt, typ. et stér. HUMBERT.

www.ingramcontent.com/pod-product-compliance
Ingram Content Group UK Ltd.
Pitfield, Milton Keynes, MK11 3LW, UK
UKHW020250220726
13923UKWH00002B/884